DIE WELT DES CHRESTOMANCI

Das Geheimnis des hundertsten Traumes

Diana Wynne Jones

DIE WELT DES CHRESTOMANCI

Das Geheimnis des hundertsten Traumes

Aus dem Englischen von
Reinhard Tiffert

CARLSEN

Außerdem bei Carlsen erschienen:
DIE WELT DES CHRESTOMANCI
Zauberstreit in Caprona
Neun Leben für den Zauberer
Sieben Tage Hexerei
Von Irgendwo nach Fastüberall

1 2 3 04 03 02

Originalverlag: Collins 2000
Collins is an imprint of HarperCollins*Publishers* Ltd
Aus dem Englischen von Reinhard Tiffert
Lektorat: Beatrice Wallis
Umschlagtypographie: Doris Künster
Umschlagillustration: Sabine Wilharm
Satz: Dörlemann Satz, Lemförde
Druck: Pustet, Regensburg
ISBN 3-551-55252-5
Printed in Germany

Es gibt Tausende von Welten, die sich alle von unserer unterscheiden. Die Welt des Chrestomanci existiert neben unserer Welt und unterscheidet sich dadurch, dass Magie dort so üblich ist wie bei uns Musik. In jener Welt wimmelt es von Menschen, die zaubern können - Hexen und Hexenmeister, Wunderheiler, Magier, Zauberer, Fakire, Hellseher, Schamanen, Wahrsager und viele andere –, angefangen bei der untersten zertifizierten Hexe bis hinauf zum mächtigsten Magier. Magier sind ebenso geheimnisvoll wie mächtig. An Zauberkraft übertreffen sie alle anderen und manche von ihnen haben mehr als ein Leben.

Wenn es niemanden gäbe, der dieses eifrige Zauberervolk in Schach hielte, dann hätten die gewöhnlichen Menschen Schreckliches auszustehen und würden wahrscheinlich als Sklaven enden. Die Regierung ernennt daher den mächtigsten Magier, damit dieser darüber wache, dass kein Missbrauch mit der Magie betrieben werde. Dieser Magier hat neun Leben und ist als der »Chrestomanci« bekannt. Man spricht das Kress-to-man-schi aus. Er braucht eine starke Persönlichkeit und große Zauberkraft.

Diana Wynne Jones

Der Hexenmeister am Steuer

Der gutwillige Hexenmeister war ein geborener Verlierer. Er verlor seine Zauberkraft, als Chrestomanci sie ihm abnahm, und mit ihr auch seinen bisherigen Lebensunterhalt. Deshalb entschied er sich für eine Ganovenkarriere, und da er Autos über alles liebte, kam er auf die Idee, Autos zu stehlen und zu verkaufen. In der Wolvercote High Street entdeckte er ein schönes Auto, doch wieder verlor er, diesmal den Kopf, als ihn ein Polizist dabei beobachtete, wie er sich am Türschloss zu schaffen machte. Misstrauisch geworden, kam der Polizist herbeigeradelt. Der Hexenmeister gab Fersengeld.

Der Polizist radelte hinter ihm her und blies in seine Trillerpfeife. Der Hexenmeister kletterte über die nächste Mauer und lief, die Pfiffe weiterhin im Ohr, bis er den Garten seiner Freundin erreichte, einer ehemaligen vereidigten Hexe.

»Was soll ich machen?«, fragte er ganz außer Atem.

»Keine Ahnung«, entgegnete die vereidigte Hexe. »Ich bin genauso wenig an ein Leben ohne Zauberkraft gewöhnt wie du. Der Einzige, der meines Wissens noch aktiv in der Branche ist, ist ein französischer Zauberer in Shepherd's Bush.«

»Gib mir seine Adresse«, bat der Hexenmeister.

Die Hexe nannte sie ihm. »Aber das wird dir kein Glück bringen«, fügte sie wenig ermunternd hinzu. »Jean-Pierre verlangt sündhaft teure Honorare. Und jetzt tu mir den Gefallen und verschwinde von hier, ehe auch ich die Polizei am Hals habe.«

Der gutwillige Hexenmeister nahm den Weg durch die Haustür der Hexe hinaus auf die Coven Street und zuckte zusammen, als er immer noch die Trillerpfeifen in der Ferne hörte. Weil er das Gefühl hatte, keine Zeit verlieren zu dürfen, eilte er in den nächsten Spielzeugladen und kaufte sich für die letzte halbe Krone eine Wasserpistole. So bewaffnet, trat er in das nächste Postamt. »Geld oder Leben«, drohte er der Postbeamtin. Der gutwillige Hexenmeister war ein kräftiger junger Mann und obendrein immer schlecht rasiert. Die Postbeamtin glaubte, es mit einem Ganoven zu tun zu haben, und ließ ihn den Geldschrank ausräumen.

Der Hexenmeister steckte sich das Geld und die Wasserpistole in die Hosentasche und rief ein Taxi, mit dem er bis nach Shepherd's Bush fuhr. Das schien ihm, solange er kein eigenes Auto hatte, die zweitbeste Lösung zu sein. Die Fahrt war zwar teuer, aber nach der Ankunft im Büro des französischen Zauberers blieben ihm immer noch 273 Pfund, 6 Shilling und 4 Pence.

Der französische Zauberer zuckte auf sehr französische Weise lässig mit den Schultern. »Was erwarten Sie von mir, mein Freund? Ich bemühe mich, nicht mit der Polizei in Konflikt zu geraten. Wenn Sie meine Hilfe wünschen, wird das teuer für Sie.«

»Hundert Pfund«, bot der gutwillige Hexenmeister. »Verstecken Sie mich irgendwie dafür.«

Jean-Pierre zuckte wieder mit den Achseln. »Dafür kann ich Sie auf zweierlei Art verbergen. Ich könnte Sie in einen kleinen Kieselstein verwandeln –«

»Nein, danke«, winkte der Hexenmeister ab.

»– und in einer Schublade verwahren«, sagte Jean-Pierre. »Oder ich könnte Sie auch, so wie Sie sind, in eine andere Welt verschicken, sogar in eine solche, in der Sie wieder über Ihre Zauberkaft verfügen würden –«

»Meine Zauberkraft?«, rief der gutwillige Hexenmeister ganz erfreut.

»– aber das würde Sie das Doppelte kosten«, sagte Jean-Pierre. »Ja, gewiss bekämen Sie Ihre Zauberkraft zurück, wenn Sie an einen Ort gingen, an dem der Chrestomanci keine Macht besitzt. Der Mann ist schließlich nicht allmächtig.«

»Dann gehe ich an einen solchen Ort«, entschied der gutwillige Hexenmeister.

»Schön.« Gelangweilt nahm Jean-Pierre einen Stapel Karten in die Hand und fächerte sie auf. »Wählen Sie eine Karte. Von dieser Karte hängt es ab, welche Welt Sie mit Ihrem edlen Kinn beehren werden.«

Der gutwillige Hexenmeister streckte schon die

Hand aus, um eine Karte zu ziehen, als Jean-Pierre die Karten wieder außer Reichweite brachte. »Ganz gleich, in welche Welt Sie kommen«, gab er zu bedenken, »dort gilt eine andere Währung als Pfund, Shilling und Pence. Sie können mir also gleich alles Geld geben, das Sie noch bei sich haben.«

Und so trennte sich der gutwillige Hexenmeister von seinen ganzen 273 Pfund, 6 Shilling und 4 Pence. Erst dann durfte er eine Karte wählen. Es war die Kreuz-Zehn. Keine schlechte Karte, dachte der Hexenmeister. Zwar war er kein Wahrsager, aber soviel er wusste, bedeutete Kreuz-Zehn, dass ein Mensch einen anderen tyrannisiert. Er nahm sich vor, die Rolle des Tyrannen zu übernehmen, und gab die Karte zurück. Jean-Pierre warf die Karten achtlos auf den Tisch. Der gutwillige Hexenmeister sah gerade noch, dass alle Karten die Kreuz-Zehn zeigten, ehe er, obwohl immer noch in Shepherd's Bush, in eine ganz andere Welt eintauchte.

Er stand auf einem Parkplatz an einer breiten Straße. Viele Autos, mehr als er jemals in seinem Leben gesehen hatte, rauschten auf der Straße an ihm vorüber, dazu noch Lastwagen und hin und wieder große rote Busse. Um ihn herum standen überall Autos. Diese Welt gefiel ihm!

Dem gutwilligen Hexenmeister stieg der liebliche Geruch von Benzin in die Nase und er wandte sich dem erstbesten geparkten Auto zu, um es näher zu betrachten. Es sah doch anders aus als das Auto, das er in Wolvercote hatte stehlen wollen. Versuchsweise führte er über der Motorhaube einen Zaubertrick aus. Zu seiner Freude sprang die Haube sogleich einen Zoll weit auf. Der französische Zauberer hatte also nicht gelogen: er hatte seine Zauberkraft wiedergefunden.

Der gutwillige Hexenmeister wollte gerade die Haube aufklappen und sich in die Geheimnisse vertiefen, als eine uniformierte korpulente Dame mit gelbem Band am Hut entschiedenen Schrittes auf ihn zukam. Das musste eine Polizistin sein. Mit seiner wiedergewonnenen Zauberkraft geriet der gutwillige Hexenmeister nun nicht mehr in Panik. Er ließ einfach die Haube zuschnappen und schlenderte lässig weiter. Zu seiner Überraschung folgte ihm die Polizistin nicht. Sie warf ihm nur einen verächtlichen Blick zu und steckte ein Papier unter das Scheibenwischerblatt des Autos.

Trotzdem hielt es der gutwillige Hexenmeister für klüger, weiterzuschlendern. Während er die Autos begutachtete, ging er bis zur nächsten Straße, wo etwas Neues seine Aufmerksamkeit erregte. Vor ihm stand ein großes, marmorweißes Gebäude, auf dem in goldenen Lettern der Name CITY BANK prangte. Aha, dachte er, hier bietet sich ein besserer Weg, an ein Auto zu gelangen, als es zu stehlen. Wenn er die Bank hier ausraubte, könnte er sich ein Auto kaufen. Er holte die Wasserpistole aus der Tasche und ging durch den Haupteingang.

Drinnen herrschte eine gepflegte, diskrete Atmosphäre. Von den vielen Leuten, die vor den Schaltern warteten oder in der Halle umhergingen, schien keiner den halbherzig mit seiner Pistole fuchtelnden Hexenmeister zu bemerken. Es blieb ihm nichts anderes übrig, als sich an der nächsten Warteschlange vorbeizudrängeln und die Pistole auf die Dame hinter der Glasscheibe des Schalters zu richten.

»Geld oder Leben«, herrschte er sie an.

Nun beachtete man ihn. Jemand stieß einen Schrei aus. Die Dame hinter der Glasscheibe wurde blass und drückte einen Knopf neben der Kasse. »Wie viel – äh, wie viel Geld wollen Sie?«, fragte sie mit stockender Stimme.

»Alles«, kommandierte der Hexenmeister. »Und zwar schnell!« Vielleicht, so dachte er hinterher, war das doch zu gierig. Aber es schien so einfach. Alle Leute, ob vor oder hinter dem verglasten Bankschalter, standen wie erstarrt und schauten ihn ängstlich an. Die Dame öffnete unverzüglich die Kasse und begann ihm hastig bündelweise Fünfpfundnoten vorzuzählen. Während sie mit dem Zählen beschäftigt war, ging die Eingangstür auf und jemand betrat die Halle. Der gutwillige Hexenmeister drehte sich rasch um und sah, dass es nur ein kleiner Mann im Nadelstreifenanzug war, der wie alle anderen Leute gebannt zu ihm herüberschaute. Die Dame reichte gerade das erste Geldbündel durch den Schalter, als der kleine Mann mit lauter Stimme rief: »Lassen Sie sich nicht täuschen. Er tut nur so. Das ist eine Spielzeugpistole!«

Sofort stürzten sich alle auf den gutwilligen Hexenmeister. Drei Männer versuchten ihn zu packen. Eine ältere Dame schlug mit ihrer Handtasche auf ihn ein. »Da, das ist für den Dieb!« Eine Alarmglocke schrillte und draußen brach ein fürchterliches Geheul los und kam immer näher. »Die Polizei rückt an«, kreischte die ältere Dame und schlug wieder auf den Hexenmeister ein.

Der riss sich los und lief davon, hinter sich eine Schar von Verfolgern, die versuchten ihm den Weg abzuschneiden. Der Letzte, der ihm in den Weg trat, war der kleine Herr im Nadelstreifenanzug. Er erwischte den Hexenmeister am Ärmel und sagte: »Einen Augenblick bitte –«

Der Hexenmeister war schon so in Panik, dass er die Pistole abdrückte. Ein Wasserstrahl traf den kleinen Mann ins Auge und machte seinen teuren Anzug nass. Der Mann duckte sich und ließ los. Der Hexenmeister stürzte durch die Tür nach draußen. Das Geheul auf der Straße war entsetzlich. Es kam von einem weißen Auto mit der Aufschrift POLIZEI, das mit einem blinkenden blauen Licht auf dem Dach die Straße herunter auf ihn zuraste. Am Straßenrand parkte ein Auto der schöneren Sorte in entgegengesetzter Richtung zum nahenden Polizeifahrzeug. Eine dicke, teure Limousine. Bei aller Panik und Verwunderung darüber, wie schnell die Polizei zur Stelle war, hatte der Hexenmeister sogleich ein Auge auf dieses Auto geworfen. Als das Polizeifahrzeug mit kreischenden Bremsen hielt und die Beamten aus dem Wagen sprangen, riss der Hexenmeister die Tür der Limousine auf, glitt auf den Fahrersitz und brachte das Auto mit aller ihm noch verbliebenen Magie zum Losfahren.

Hinter ihm sprangen die Polizisten wieder in den Streifenwagen, machten eine Kehrtwendung und nahmen die Verfolgung auf. Der Hexenmeister beobachtete sie in einem kleinen Spiegel, den jemand sinnvollerweise an der Windschutzscheibe angebracht hatte. Er raste mit der Limousine um eine Kurve und brachte sie damit außer Sichtweite der Polizisten. Doch der Streifenwagen ließ sich nicht so leicht abschütteln. Der Hexenmeister schleuderte um eine weitere Kurve und noch eine. Doch der Streifenwagen blieb ihm dicht auf den Fersen.

Der Hexenmeister erkannte, dass er etwas von der Magie, mit der er die Limousine bewegte, besser dafür verwenden sollte, dem Wagen ein anderes Aussehen zu geben. Während er mit quietschenden Reifen in die Hauptstraße einbog, von der aus er losgefahren war, kratzte er sein letztes Quäntchen Zauberkraft zusammen und verpasste dem Wagen einen hellrosa Anstrich. Zu seiner Erleichterung fuhr das Polizeifahrzeug an ihm vorbei und verschwand laut röhrend in der Ferne.

Der Hexenmeister entspannte sich ein wenig. Er

besaß jetzt ein eigenes Auto und konnte sich damit erst einmal in Sicherheit wiegen. Nun musste er noch herausbringen, wie man das Ding richtig steuerte, statt es mit Magie zu bewegen. Wie er bald feststellen musste, schien es für das Fahren auf der Straße allerlei Regeln zu geben, von denen er nichts geahnt hatte.

Erstens fuhren alle Autos auf der linken Fahrbahnseite, und andere Verkehrsteilnehmer schienen sehr ungehalten, wenn sie sahen, dass ihnen eine dicke rosafarbene Limousine auf ihrer Seite entgegenkam. Dann gab es Straßen, in denen alle Autos aus der Gegenrichtung kamen und die Leute in den Autos wild gestikulierten und ihm mit Fäusten drohten. Außerdem sahen es die Leute nicht gern, wenn man an den roten Lichtern vor Straßenkreuzungen vorüberfuhr.

Der gutwillige Hexenmeister war keine große Leuchte, aber er merkte ziemlich rasch, dass Autos selten rosa waren. Ein rosa Auto, das obendrein noch gegen alle Verkehrsregeln verstieß, blieb nicht lange unbemerkt. Während er weiterfuhr und nach einer ruhigen Straße Ausschau hielt, in der er herausfinden konnte, wie das Auto eigentlich funktionierte, dachte er über eine andere Tarnung für das Auto nach. Er sah, dass alle Autos vorn und hinten Schilder trugen, auf denen Buchstaben und Zahlen standen. Das machte die Sache leicht.

Er verwandelte das vordere Schild in GH100 und das hintere in YXZ123. Dann gab er dem Auto die ursprüngliche hellgrüne Farbe zurück und fuhr gelassen weiter, bis er in eine ruhige Wohngegend kam. Er fühlte sich ziemlich erschöpft. Er hatte nie besonders viel Zauberkraft besessen und war zudem ziemlich aus der Übung. So war er froh, anhalten zu können, und suchte nach dem Knopf, um den Motor anzulassen.

An Knöpfen mangelte es nicht, doch keiner schien der gesuchte zu sein. Drückte man auf den einen, spritzte Wasser über die Windschutzscheibe. Bei einem anderen öffnete sich das Fenster einer Tür und sogleich kam frische Luft herein. Bei einem weiteren blinkten Lichter auf. Wieder bei einem anderen ging ein lautes Gehupe los und jagte dem Hexenmeister einen tüchtigen Schreck ein. Das musste den Leuten auffallen! Er wurde nervös und spürte abwechselnd heiße und kalte Schauer den Nacken hinunterlaufen, besonders an einer Stelle in der Mitte gerade über dem Hemdkragen fühlte er eine besondere Kälte. Er probierte einen anderen Knopf aus. Jetzt fing Musik an zu spielen. Beim nächsten waren Stimmen zu hören. »Ende. Ja, rosa. Ich weiß nicht, wie er so rasch eine neue Lackierung bekommen hat, aber er ist es, kein Zweifel ...«

Noch nervöser geworden, merkte der gutwillige Hexenmeister, dass er durch Zauberkraft plötzlich der Polizei zuhören konnte und dass sie ihn noch immer jagten. In Panik drückte er einen weiteren Knopf, worauf Wischblätter über die Windschutzscheibe fegten und das Wasser wegwischten, das mit dem ersten Knopfdruck hervorgespritzt war.

»He!«, sagte der gutwillige Hexenmeister und fuhr nervös mit der Hand an die kalte Stelle im Nacken.

Die kalte Stelle war mit einer langen, warmen haarigen Schnauze verbunden. Ganz gleich, wem diese Schnauze gehören mochte, er hatte etwas dagegen, weggewischt zu werden. Einem dumpfen Knurren folgte ein Schwall warmer Luft.

Der gutwillige Hexenmeister zuckte zurück. In höchster Angst drückte er wieder einen Knopf. Diesmal klappte der Sitz, auf dem er saß, sanft nach hinten, bis er sich in der Waagerechten befand. Der Hexenmeister sah sich Auge in Auge mit dem größten Hund, dem er jemals begegnet war: ein großes pfefferfarbenes Vieh mit entsprechend gewaltigen Reißzähnen. Offenbar hatte er mit dem Auto auch noch einen Hund gestohlen.

»Grrrr«, machte der Hund und senkte den mächtigen Kopf, bis das Knurren im Schädel des Hexenmeisters wie ein Presslufthammer dröhnte. Dann beschnupperte das Tier geräuschvoll sein Gesicht.

»Verschwinde«, flüsterte der gutwillige Hexenmeister mit bebender Stimme.

Aber es sollte noch schlimmer kommen. Neben dem großen Hund tauchte noch etwas anderes auf der Rückbank auf. Eine helle, verschlafen wirkende Stimme ließ sich vernehmen: »Warum halten wir denn, Daddy?«

»Oh Gott, auch das noch!«, stöhnte der gutwillige Hexenmeister. Er wandte seinen Kopf unter dem riesigen Hundegesicht vorsichtig seitwärts. Tatsächlich, da saß ein Kind neben dem Hund, ein ziemlich kleines Kind mit rötlichem Haar und zerknautschtem Gesicht.

»Du bist ja gar nicht mein Daddy«, sagte das Kind vorwurfsvoll.

Der gutwillige Hexenmeister mochte Kinder eigentlich, aber ihm dämmerte, dass er dieses hier irgendwie loswerden musste. Ein Auto, einen Hund und obendrein noch ein Kind zu stehlen würde ihn wahrscheinlich für den Rest seines Lebens hinter Gitter bringen. Die Leute mochten es ganz und gar nicht, wenn man Kinder stahl.

Hektisch langte er nach vorn und drückte wahllos Knöpfe. Lampen gingen an, Scheibenwischer wischten und erstarrten wieder, Stimmen waren zu hören, eine Hupe ging los, bis er schließlich den richtigen Knopf erwischte und der Sitz wieder sanft in die Senkrechte kippte. Er konzentrierte seine Zauberkraft auf die hintere Tür, die sich daraufhin öffnete.

»Raus«, sagte er. »Raus mit euch beiden. Wartet draußen, bis euch euer Daddy findet.«

Kind und Hund warfen einen Blick in Richtung der offenen Tür. Dann wandten sie sich, verblüfft und leicht empört, wieder dem gutwilligen Hexenmeister zu. Schließlich war es ihr Auto.

Der gutwillige Hexenmeister versuchte es mit

Überredung. »Nun steigt schon aus. Braver Hund, guter Junge.«

»Grrr«, machte der Hund, und das Kind sagte: »Ich bin kein Junge.«

»Ich meinte den Hund«, beeilte sich der Hexenmeister zu sagen. Das Knurren des Hundes schwoll zu einem Donnergrollen an, unter dem das Auto erzitterte. Vielleicht war der Hund auch nicht brav. Dem gutwilligen Hexenmeister schwante, dass er verloren hatte. Schade, es war ein so schönes Auto, aber in dieser Welt herrschte ja an Autos kein Mangel. Wenn er beim nächsten Mal darauf achtete, dass das Auto wirklich leer war, konnte er sich jederzeit ein anderes stehlen. Er schlug die hintere Tür zu und wollte die Fahrertür öffnen.

Der Hund war schneller als er. Noch bevor er die Hand am Griff hatte, drangen die Zähne des Hundes durch den Jackenstoff in seine Schulter und hielten ihn fest. Er spürte, wie sich die Zähne immer tiefer gruben. Auch das Knurren nahm zu und wurde noch bedrohlicher. »Lass los«, sagte der Hexenmeister ohne viel Hoffnung und blieb regungslos sitzen.

»Fahr weiter«, befahl das Kind.

»Warum?«, fragte der Hexenmeister.

»Weil ich gern Auto fahre«, antwortete das Kind. »Towser lässt dich auch los, wenn du fährst.«

»Ich weiß aber nicht, wie man das Auto in Gang setzt«, versetzte der Hexenmeister mürrisch.

»Zu dumm«, sagte das Kind. »Daddy benutzt immer diesen Schlüssel da und tritt auf die verschiedenen Pedale.«

Towser bestätigte das mit einem neuerlichen Knurren und biss noch tiefer. Der Hund kannte seine Aufgabe, und diese schien darin zu bestehen, alles zu unterstützen, was das Kind sagte. Der Hexenmeister seufzte bei dem Gedanken an jahrelange Gefängnishaft, fand aber schließlich den Schlüssel und ebenso die Pedale. Er drehte den Schlüssel und trat auf eines der Pedale. Mit lautem Geheul sprang der Motor an.

Eine weitere Stimme war zu hören. »Sie haben vergessen Ihren Sicherheitsgurt anzulegen«, sagte sie. »Eine Fortsetzung des Vorgangs ist sonst nicht möglich.«

An dieser Stelle musste der Hexenmeister feststellen, dass die Schwierigkeiten für ihn gerade erst begonnen hatten. Nun war es das Auto, das ihn herumkommandierte. Er hatte keine Ahnung, wo sich dieser Sicherheitsgurt befinden könnte. Doch es ist erstaunlich, zu was man fähig wird, wenn man in der Schulter ein paar kräftige spitze Zähne fühlt. Der Hexenmeister fand den Sicherheitsgurt und legte ihn an. Er fand auch einen Hebel mit der Markierung »Vorwärts«, den er betätigte. Er probierte sämtliche Pedale durch. Der Motor heulte, ohne dass sich der Wagen in Bewegung gesetzt hätte.

»Sie verschwenden Benzin«, belehrte ihn das Auto. »Lösen Sie die Handbremse. Eine Fortsetzung des Vorgangs ist sonst nicht möglich.«

Der Hexenmeister entdeckte einen Griff im Wagenboden und zog daran. Der Griff schnappte wie die Schnauze eines Krokodils, und der Wagen machte einen Satz nach vorn. »Sie verschwenden Benzin«, ließ sich die Stimme leicht genervt vernehmen. »Nehmen Sie den Fuß von der Bremse. Eine Fortsetzung des Vorgangs ist sonst nicht möglich.«

Da Towsers Knurren mittlerweile lauter als das Motorengeräusch war, nahm der Hexenmeister den linken Fuß vom Pedal. Sofort schoss der Wagen die Straße hinunter. »Sie verschwenden Benzin«, informierte ihn die Stimme.

»Oh sei doch still«, stöhnte der Hexenmeister. Doch nichts konnte das Auto zum Schweigen bringen, außer er drückte schwächer auf das rechte Pedal. Andererseits schien Towser zufrieden zu sein, sobald sich das Auto in Bewegung setzte. Der Hund ließ den Hexenmeister los und nahm wieder seinen Platz auf der Rückbank ein, während das Kind ihn aufforderte »Fahr schon, fahr schon weiter«.

Und der Hexenmeister fuhr weiter. Was blieb ihm auch übrig, wenn ein Kind, ein Hund von der Größe Towsers und ein Auto genau das von ihm verlangten. Wenigstens war das Auto leicht zu steuern. Der Hexenmeister musste lediglich darauf achten, nicht zu kräftig auf die Pedale zu treten und immer in möglichst leere Straßen einzubiegen. So blieb ihm genügend Zeit zum Nachdenken. Er kannte den Namen des Hundes. Würde er auch den Namen des Kindes herausfinden, könnte er beide mit einem Bann belegen und sich aus dem Staub machen.

»Wie heißt du eigentlich?«, fragte der Hexenmeister, während er in eine breite Straße bog, in der es genug Platz für drei Autos nebeneinander gab.

»Jemima Jane«, antwortete das Kind. »Fahr schon weiter, fahr schon weiter.«

Der Hexenmeister fuhr weiter und murmelte dabei einen Zauberspruch. Noch während des Murmelns machte Towser einen Satz auf den Beifahrersitz, wo er sich feierlich niederließ und mit königlicher Würde auf die Straße blickte. Der Hexenmeister wendete sich von ihm ab und beendete murmelnd seinen Zauberspruch. Das Vieh war so groß wie ein Löwe!

»Sie verschwenden Benzin«, kommentierte das Auto.

Vielleicht war alles zusammen schuld daran, dass der Hexenmeister den falschen Zauberspruch benutzte. Jedenfalls wurde Towser plötzlich unsichtbar.

Sofort ertönte ein schriller Schrei von der Rückbank. »Wo ist Towser?«

Die unsichtbare Gestalt auf dem Beifahrersitz knurrte furchteinflößend. Der Hexenmeister wusste nun nicht mehr, wo sich die Zähne des Hundes befanden. Eilig machte er den Zauber wieder rückgängig. Towser saß neben ihm und sah ihn vorwurfsvoll an.

»Das machst du aber nicht noch mal!«, mahnte ihn Jemima Jane.

»Nicht wenn wir jetzt alle aussteigen und zu Fuß weitergehen«, sagte der Hexenmeister listig.

Schweigen und ein gedämpftes Knurren waren die Antwort auf diesen Vorschlag. Der Hexenmeister gab vorerst auf und fuhr weiter. Am Straßenrand waren jetzt keine Häuser mehr zu sehen, es gab nur noch Bäume, Weiden und hin und wieder ein paar Kühe. Vor ihnen dehnte sich die Landstraße endlos in die Ferne. Das hübsche grüne Auto, das vorne die Nummer GH100 und hinten die Nummer XYZ123 hatte, fuhr fast eine Stunde lang gemütlich dahin. Hinter den grünen Hügeln ging langsam die blutrote Sonne unter.

»Ich will mein Abendessen«, meldete sich Jemima Jane. Bei dem Wort »Abendessen« öffnete sich Towsers Kiefer und Speichel lief ihm die Lefzen hinunter. Er betrachtete den gutwilligen Hexenmeister nachdenklich, so als ob er überlege, welches Stück wohl am besten schmecken würde. »Towser hat auch Hunger«, sagte Jemima Jane.

Der Hexenmeister blickte verstohlen auf Towsers lange rosafarbene Zunge, die gewaltige Zähne verbarg. »Ich halte bei der nächstbesten Gelegenheit«, sagte er entgegenkommend. Er überlegte schon, wie er den beiden beim nächsten Halt – vom Auto gar nicht zu reden – entwischen könnte. Vielleicht wenn er sich unsichtbar machte, so dass ihn der Hund nicht sehen konnte –

Das Glück schien mit ihm zu sein, denn gerade in

diesem Augenblick kam ein großes blaues Schild mit der Aufschrift RASTHOF HARBURY in Sichtweite, darunter ein Bild von Messer und Gabel. Mit quietschenden Reifen bog der gutwillige Hexenmeister in die Zufahrt. »Sie verschwenden Benzin«, protestierte die Stimme. Der gutwillige Hexenmeister ignorierte die Bemerkung. Mit einem Ruck kam er zwischen den anderen Autos zum Stehen, machte sich unsichtbar und wollte aus dem Auto springen. Doch er hatte den Sicherheitsgurt vergessen. Der Gurt hielt ihn lange genug fest, um Towser die Gelegenheit zu geben, seine Zähne im Jackenärmel des Hexenmeisters zu vergraben, aber das reichte, um Towser ebenfalls unsichtbar zu machen. »Sie haben vergessen die Handbremse anzuziehen«, mahnte ihn das Auto.

»Grr«, knurrte der Hexenmeister ohnmächtig und zog die Handbremse an. Das war gar nicht so leicht, denn Towsers unsichtbare Zähne ließen nicht locker.

»Du musst mir aber ganz viel Essen mitbringen«, forderte Jemima Jane. Es schien sie nicht weiter zu beunruhigen, dass Hexenmeister und Hund verschwunden waren. »Towser, pass auf, dass er mir auch Eiskrem mitbringt.«

Der unsichtbare Hexenmeister stieg aus dem Auto und schleifte den unsichtbaren Towser mit. Dann versuchte er es sogleich mit einer weiteren List. »Komm doch mit und zeig mir, welche Eiskrem du gern hättest«, rief er in Richtung Auto. Mehrere Leute auf dem Parkplatz drehten die Köpfe und versuchten zu erkennen, woher die unsichtbare Stimme kam.

»Ich bin müde und möchte im Auto bleiben«, kam die Antwort.

Die unsichtbaren Zähne im Ärmel des Hexenmeisters knirschten ein wenig. Unsichtbarer Sabber tropfte ihm auf die Hand. »Ja, schon recht«, sagte er und ging, begleitet von vier unsichtbaren schweren Pfoten, auf das Rasthaus zu.

Vielleicht hatte es sein Gutes, dass sie beide unsichtbar waren. Draußen vor der Tür war ein großes Schild angebracht: »ZUTRITT MIT HUNDEN VERBOTEN«. Und der Hexenmeister hatte immer noch kein Geld bei sich. Er trat an den langen Tresen und griff mit der freien Hand nach Kuchen und Gebäck. Dann steckte er alles in seine Taschen, damit die Beute ebenfalls unsichtbar wurde.

Ein Kunde zeigte auf das Blätterteiggebäck, das gerade verschwand, und schrie auf: »Ein Gespenst!« Darauf folgten weitere Schreie am anderen Ende des Tresens. Der Hexenmeister schaute hinüber. Eine sehr große Schokoladentorte, an der bereits ein großes Stück in Form einer Schnauze fehlte, bewegte sich in Brusthöhe durch die Gaststätte. Towser bediente sich auf seine Weise. Die Leute wichen schreiend zurück. Die Schokoladentorte begann zu galoppieren und zwängte sich mit einem Klatscher durch die gläserne Tür. Im gleichen Augenblick riss jemand das Blätterteiggebäck aus der Hand des Hexenmeisters.

Es war das Mädchen hinter der Kasse, das keine Angst vor Gespenstern hatte. »Sie sind wohl der Unsichtbare Mann«, sagte sie. »Geben Sie das sofort wieder her.«

Der Hexenmeister geriet erneut in Panik und lief hinter der Torte her. Eigentlich wollte er so schnell wie möglich umkehren und zum Auto laufen, doch kaum war er aus der Tür getreten, stellte er fest, dass dort schon die Torte auf ihn wartete. Mit einem unmissverständlichen Knurren und einem heißen Schnauben an der Hand machte Towser deutlich, dass der Hexenmeister die Torte aufheben und mitkommen möge. Spitze Zähne in einem Hosenbein verliehen diesem Wink den nötigen Nachdruck. Der Hexenmeister gehorchte mit finsterer Miene.

»Wo ist meine Eiskrem?«, fragte Jemima Jane undankbar.

»Es gab keine«, erwiderte der Hexenmeister, nachdem Towser ihn wieder ins Auto geleitet hatte. Er warf die Schokoladentorte, das Gebäck und eine Schweinefleischpastete auf die Rückbank. »Sei dankbar für das, was du bekommen hast.«

»Warum?«, fragte Jemima Jane.

Der gutwillige Hexenmeister gab auf. Er machte sich wieder sichtbar und setzte sich auf den Fahrersitz, wo er die andere Pastete verspeiste. Der Hund beschnüffelte ihn von Zeit zu Zeit, so als wolle er prüfen, ob der Hexenmeister immer noch da saß. Zwischendurch hörte der Hexenmeister Towser schmatzen.

Der Hund machte so laute Geräusche, dass der gutwillige Hexenmeister froh war, ihn nicht sehen zu können. Aber um sicherzugehen, machte er ihn wieder sichtbar. Da saß Towser in seiner ganzen massigen Gestalt auf der Rückbank und leckte sich die mächtigen Lefzen. Auch Jemima Jane bot keinen besonders appetitlichen Anblick, denn sie war von oben bis unten mit Schokolade beschmiert. Sogar in den rötlichen Locken klebte die braune Paste.

»Warum fährst du denn nicht weiter?«, fragte Jemima Jane.

Towser setzte sich sofort auf die Hinterbeine und verlieh der Frage den nötigen Nachdruck.

»Das tue ich ja!«, sagte der Hexenmeister und startete hastig den Motor.

»Sie haben vergessen den Sicherheitsgurt anzulegen«, mahnte ihn die Stimme des Autos pedantisch. Und als sie bereits losfuhren, setzte sie noch eins drauf: »Es ist an der Zeit, mit Licht zu fahren. Sie benötigen jetzt die Scheinwerfer.«

Erst gingen die Scheibenwischer an, dann surrte der elektrische Fensterheber und das Radio begann zu spielen. Schließlich gelang es dem Hexenmeister aber doch, die Scheinwerfer einzuschalten. Mit einem Hass auf alle drei kehrte er auf die Hauptstraße zurück. Und fuhr. Jemima Jane stand auf dem Rücksitz hinter ihm. Die Schokoladentorte hatte sie in aufgekratzte Stimmung versetzt. Sie wollte reden. Während sie sich mit klebriger Schokoladenhand an einem

Ohr des Hexenmeisters festhielt, blies sie ihm Schokoladendunst ins andere Ohr und quälte ihn mit Fragen.

»Was hattest du mit unserem Auto vor? Wozu sind die Stacheln an deinem Kinn gut? Warum magst du es nicht, wenn ich dich an der Nase halte? Wieso riechst du nicht gut? Wohin fahren wir eigentlich? Fahren wir die ganze Nacht durch?« Und noch vieles mehr.

Der Hexenmeister musste auf all diese Fragen eine richtige Antwort geben. Reagierte er nicht, zauste ihm Jemima Jane die Haare, zwickte ihn ins Ohr oder zog ihn an der Nase. Wenn seine Antwort Jemima Jane nicht gefiel, richtete sich Towser knurrend auf und der Hexenmeister musste sich rasch eine bessere Antwort überlegen. Schon bald war er genauso mit Schokolade beschmiert wie Jemima Jane. Er hielt sich für den unglücklichsten Menschen in dieser Welt.

Worin er sich täuschte, denn nun erhob sich Towser plötzlich und wankte, seltsame Geräusche von sich gebend, über die Rückbank.

»Towser muss spucken«, sagte Jemima Jane.

Der Hexenmeister brachte das Auto mit quietschenden Bremsen am Straßenrand zum Stehen und riss alle vier Türen weit auf. Sicherlich wollte Towser aussteigen, dachte er. Dann könnte er Gas geben und davonrasen, während Towser an der Straße zurückbliebe.

Während der Hexenmeister noch solchen Gedanken nachhing, erhob sich Towser, sprang und landete genau auf dem Hexenmeister. Dort entledigte sich der Hund der Torte, wozu er einige Zeit brauchte. Unterdessen fragte sich der Hexenmeister, ob Towser wirklich so schwer war wie eine Kuh oder ob es ihm nur im Augenblick so vorkam.

»So, und jetzt fahr weiter«, befahl Jemima Jane, als Towser endlich fertig war.

Der Hexenmeister gehorchte und fuhr wieder los. Dann meldete sich das Auto wieder zu Wort: »Die Tankfüllung geht zur Neige.«

»Schön«, sagte der Hexenmeister einfühlsam.

»Fahr doch weiter«, wiederholte Jemima Jane und Towser bekräftigte wie gewöhnlich, was sie sagte.

Der Hexenmeister fuhr immer weiter durch die Nacht. Ein neuer, unangenehmer Geruch, der sich gar nicht mit dem Schokoladenduft vertrug, erfüllte nun das Auto. Der Hexenmeister vermutete, dass Towser die Ursache des Geruchs sein könnte. Während er weiterfuhr, wiederholte das Auto seine Warnung, das Benzin könnte knapp werden, so lange, bis sie an einem Schild mit der Aufschrift RASTHOF BENTWELL vorbeikamen. Hier meldete sich die Autostimme mit einer neuen Warnung: »Sie fahren jetzt nur noch mit dem Benzin aus dem Reservetank.« Die Stimme wurde richtig geschwätzig. »Sie haben nur noch Benzin für zehn Meilen. Ihr Benzin geht zur Neige.«

»Ich habe durchaus verstanden«, bemerkte der Hexenmeister. »Ich muss anhalten«, teilte er Jemima

Jane und Towser erleichtert mit. Damit Jemima Jane nicht weiter quengelte und weil der neue Geruch sich schlimmer denn je mit dem Schokoladendunst mischte, sagte er: »Was riecht hier eigentlich so merkwürdig?«

»Ich«, sagte Jemima Jane ziemlich patzig. »Ich habe mir nämlich in die Hosen gemacht. Und das ist deine Schuld. Du hast mich nicht aufs Damenklo gebracht.«

Darauf sprang Towser knurrend auf und das Auto fügte sein »Das Benzin geht zur Neige« hinzu.

Der Hexenmeister stöhnte laut auf und raste mit quietschenden Reifen in die Ausfahrt RASTHOF BENTWELL. Die Autostimme wies ihn vorwurfsvoll darauf hin, dass er Benzin verschwende, und fügte noch hinzu, dass er demnächst keines mehr haben werde, doch der Hexenmeister war so entnervt, dass er gar nicht mehr zuhörte. Er sprang aus dem Auto und machte einen erneuten Fluchtversuch. Towser setzte ihm nach und bekam das bereits ziemlich mitgenommene Hosenbein des Hexenmeisters zu fassen. Jemima Jane stolperte Towser hinterher.

»Bring mich aufs Damenklo«, rief sie. »Ich brauche einen neuen Schlüpfer. Meine frischen sind in der Tasche im Kofferraum.«

»Ich kann dich nicht auf die Damentoilette bringen!«, wehrte der Hexenmeister ab. *Was tat man in einem solchen Fall?* Ein kleines Mädchen und ein erwachsener Hexenmeister, in dessen Hosenbein sich ein Hund, ob Männchen oder Weibchen, sei dahingestellt, verbissen hatte. Ging man da auf die Damen- oder die Herrentoilette? Der gutmütige Hexenmeister fühlte sich einfach überfordert.

Er musste sich damit abfinden, die Prozedur in aller Öffentlichkeit auf dem Parkplatz zu erledigen. Es war ihm peinlich, aber was blieb ihm anderes übrig? Jemima Jane gab ihm mit lauter herrischer Stimme Anweisungen, und Towser knurrte ständig dazu. Während er sich bemühte, das Ganze rasch hinter sich zu bringen, hörte er, wie sich Leute um ihn versammelten und kicherten. Er achtete gar nicht mehr darauf, denn er war schon ein gebrochener Mann. Als er schließlich aufblickte und neben einem Polizisten auch den kleinen Mann im Nadelstreifenanzug stehen sah, da fühlte er nur noch Erleichterung. »Ich komme freiwillig mit«, sagte er nur.

»Hallo, Daddy!«, rief Jemima Jane. Mit einem Mal sah sie trotz der Schokoladenspuren eigentlich ganz reizend aus. Und auch Towser war wie verwandelt, machte Luftsprünge, schwänzelte um den kleinen Mann herum und jaulte wie ein Hundewelpe.

Der kleine Mann nahm Jemima Jane, verschmiert wie sie war, auf den Arm und sah den Hexenmeister drohend an. »Wenn Sie Prudence oder dem Hund etwas zu Leide getan haben sollten, dann werden Sie das büßen, das sage ich Ihnen.«

»Zu Leide getan!«, rief der Hexenmeister außer sich. »Das Mädchen kann einen schikanieren, wie sonst niemand auf der Welt, das Auto und der Hund einmal ausgenommen. Und der Hund ist außerdem noch ein Dieb. Der Geschädigte bin *ich.* Übrigens sagte sie, ihr Name sei Jemima Jane.«

»Das ist ein Phantasiename, den ich ihr beigebracht habe, damit kein Namenszauber an ihr versucht wird«, sagte der kleine Mann und lachte. »Der Hund hat auch einen Decknamen. Das haben alle Dämonenhunde. Wissen Sie eigentlich, wer ich bin, verehrter Herr Hexenmeister?«

»Nein«, sagte der Hexenmeister, sichtlich bemüht, den schwänzelnden Towser nicht respektvoll anzuschauen. Er hatte von Dämonenhunden gehört. Diese Tiere hatten wahrscheinlich mehr Zauberkraft als er.

»Kathusa«, stellte er sich vor. »Finanzzauberer. Ich vertrete den Chrestomanci in dieser Welt. Dieser Gauner Jean-Pierre schickt weiterhin Leute hierher, und alle geraten in Schwierigkeiten. Meine Aufgabe besteht darin, sie wieder einzusammeln. Ich bin in die Bank gekommen, um Ihnen zu helfen. Und was tun Sie? Sie stehlen mir mein Auto!«

»Oh«, sagte der Hexenmeister. Die Polizisten räusperten sich und traten näher. Der Hexenmeister stellte sich schon auf einen längeren Aufenthalt im Gefängnis ein.

Doch Kathusa hob die Hand und gebot den Polizisten Einhalt.

»Herr Hexenmeister, Sie haben die Wahl. Ich brauche jemanden, der meine Autos wartet und Towser Bewegung verschafft. Wenn Sie das übernehmen wollen, sind Sie frei. Andernfalls wandern Sie ins Gefängnis. Wie entscheiden Sie sich?«

Das war eine schwere Entscheidung. Towser schaute den Hexenmeister an und leckte sich die Lefzen. Der Hexenmeister entschied sich dafür, lieber ins Gefängnis zu gehen. Doch Jemima Jane – oder vielmehr Prudence – wandte sich strahlend an die Polizisten. »Er kümmert sich um mich und Towser«, verkündete sie. »Er mag es, wenn man ihn an der Nase zieht.«

Der gutmütige Hexenmeister versuchte ein Stöhnen zu unterdrücken.

Seelendieb

Cat Chant fühlte sich insgesamt nicht besonders glücklich, weder mit sich selbst noch mit anderen Menschen. Grund dafür war der italienische Junge, den Chrestomanci unerwartet von seiner Italienreise ins Schloss mitgebracht hatte.

»Cat«, sagte Chrestomanci, der müde von der Reise aussah, »das ist Antonio Montana. Du wirst sehen, er verfügt über ganz außergewöhnliche magische Kräfte.«

Cat sah den Jungen an. Der kleine Italiener streckte ihm die Hand entgegen. »Hallo, wie geht's? Du kannst mich Tonino nennen«, sagte der italienische Junge in ausgezeichnetem Englisch, aber mit einer kurzen Pause hinter jedem Wort, so als wäre er an Wörter gewöhnt, die meistens auf O enden. Von dem Augenblick an wusste Cat, dass er die Tage zählen würde, bis jemand käme, um Tonino zurück nach Italien zu bringen. Und er hoffte, dass dieser Jemand möglichst bald kommen würde.

Es waren nicht nur das makellose Englisch und die feinen Manieren. Er hatte auch blondes Haar – ein ins Silberne spielendes Blond, das man landläufig als aschblond bezeichnete –, von dem Cat nie gedacht hätte, dass auch Italiener solches Haar haben könnten. Es sah sehr elegant aus, verglichen mit Cats gewöhnlichem strohblondem Haar. Doch damit nicht genug: Tonino hatte treuherzige braune Augen, einen lebhaften Gesichtsausdruck und war deutlich jünger als Cat. Er sah dermaßen lieb aus, dass Cat ihm so kurz die Hand schüttelte, wie es gerade ging, ohne unhöflich zu wirken. Er wusste sofort, alle würden von ihm erwarten, dass er sich um Tonino kümmerte.

»Schön, deine Bekanntschaft zu machen«, log er.

Und tatsächlich sagte Chrestomanci: »Cat, ich vertraue dir Tonino an, damit du ihm hier alles zeigst und auf ihn Acht gibst, bis er sich bei uns in England eingewöhnt hat.«

Cat seufzte. Er ahnte schon, dass ihm Überdruss nicht erspart bleiben würde.

Doch es kam noch schlimmer. Die anderen Kinder im Schloss fanden Tonino ganz reizend und wären alle am liebsten seine Freunde geworden. Chrestomancis Tochter Julia brachte Tonino alle Spiele bei, die man in England spielte, sogar Kricket. Chrestomancis Sohn Roger beteiligte sich am Kricketunterricht. Anschließend verglichen die beiden ausführlich und sehr ernsthaft verschiedene Zaubersprüche. Chrestomancis Mündel Janet konnte Tonino stundenlang mit anhaltender Begeisterung Fragen über Italien stellen. Janet kam aus einer anderen Welt, in der Italien etwas ganz anderes bedeutete, daher interessierte sie sich für die Unterschiede.

Aber trotz aller Zuwendung ging Tonino mit traurig-verlorener Miene umher, so dass Cat ihn lieber mied. Er begriff, dass Tonino großes Heimweh hatte. Cat war sich sogar ziemlich sicher, dass Tonino sich genauso fühlte, wie Cat sich gefühlt hatte, als er das erste Mal nach Schloss Chrestomanci kam, und es verdross ihn, dass ein anderer die gleichen Gefühle hatte wie einst er. Zwar merkte er, dass das dumm war – und deswegen war er mit sich selbst nicht glücklich –, aber auch mit Julia, Roger und Janet war er nicht glücklich. Er fand, dass sie lächerlich viel Aufheben um Tonino machten. Dazu musste man wissen, dass sich Julia und Roger normalerweise um Cat kümmerten. Er war daran gewöhnt, der jüngste und unglücklichste Schlossbewohner zu sein, und nun kam dieser Tonino daher und verdrängte ihn aus der Gunst der anderen. Cat wusste das alles ganz genau, und doch änderte das nichts an seinen Gefühlen. Zu allem Unglück interessierte sich auch Chrestomanci für Toninos magische Kräfte. In den folgenden Tagen verbrachte er viel Zeit mit Tonino und stellte mit ihm Experimente an, um herauszubekommen, was es mit dessen Magie auf sich hatte. Unterdessen musste sich Cat, der sonst als der Junge mit der interessanten Magie galt, in Chrestomancis Arbeitszimmer mit Aufgaben aus dem Gebiet der theoretischen Magie herumschlagen.

»Tonino«, sagte der Chrestomanci zur Erklärung, »kann offenbar nicht nur die Zauberkraft anderer Menschen verstärken, sondern sich auch fremde Magie aneignen. Sollte sich das bewahrheiten, dann wäre das eine höchst ungewöhnliche Fähigkeit. Übrigens«, sagte er, schon zum Gehen gewandt, wobei seine hohe Gestalt die Decke zu berühren schien, »du hast Tonino immer noch nicht das Schloss gezeigt. Wieso nicht?«

»Ich war beschäftigt – ich habe es vergessen«, druckste Cat herum.

»Dann wird es Zeit, dass du dafür einen freien Platz in deinem engen Stundenplan findest«, sagte Chrestomanci, »sonst könnte ich sehr ungehalten werden.«

Cat seufzte und nickte zum Zeichen des Einverständnisses. Alle gehorchten Chrestomanci, wenn er eine solche Miene machte. Cat musste nun mit der Tatsache leben, dass Chrestomanci wusste, wie er, Cat, sich fühlte – aber absolut kein Verständnis dafür aufbrachte. Mit einem weiteren Seufzer machte sich Cat wieder an seine Aufgaben.

Theoretische Magie war für ihn ein Buch mit sieben Siegeln. Das Problem bestand vor allem darin, dass ihm instinktiv magische Dinge gelangen, für die ein hohes Maß theoretischer Magie erforderlich war, ohne dass er die geringste Ahnung hatte, wie er das vollbrachte. Manchmal wusste er nicht einmal, dass er zauberte. Chrestomanci sagte, Cat müsse die Theorie lernen, andernfalls würde er eines Tages unabsichtlich etwas ganz Schreckliches zaubern. Was Cat betraf, so wünschte er sich, dass ihm nur eines durch Zauberkraft gelänge, nämlich die Theorieaufgaben zu lösen, und ausgerechnet dafür schien man die Magie nicht verwenden zu können.

Er fand sechs Antworten, von denen er wusste, dass sie nicht stimmten. Dann nahm er mit dem Gefühl, vernachlässigt und ausgenutzt zu werden, Tonino zu einer Besichtigung des Schlosses mit. Die Tour war kein Erfolg. Tonino sah fast die ganze Zeit über blass, müde und verschüchtert aus und fröstelte in den langen kalten Gängen und in den dunklen, zugigen Treppenhäusern. Cat wusste nichts zu sagen außer platten Feststellungen wie »Das ist der so genannte Kleine Salon« oder »Das ist das Schulzimmer – hier haben wir Unterricht bei Michael Saunder, aber der ist zurzeit in Grönland« oder auch »Das ist die Eingangshalle – hier ist alles mit Marmor verkleidet«.

Nur einmal zeigte Tonino einen Anflug von Interesse, als sie zu den großen Fenstern kamen, die auf den samtgrünen Rasen und die großen Zedern im Schlossgarten hinausgingen. Er stützte sich sogar mit einem Knie auf das Fensterbord, um von dort hinunterschauen zu können.

»Meine Mutter hat mir davon erzählt«, sagte er, »aber ich hätte nie gedacht, dass es so frisch und grün aussehen könnte.«

»Woher kennt denn deine Mutter den Schlossgarten?«, fragte Cat.

»Sie ist Engländerin«, antwortete Tonino. »Sie ist

in diesem Schloss aufgewachsen, als Gabriel de Witt, der Vorgänger des jetzigen Chrestomanci, viele Kinder mit Zaubertalent zur weiteren Ausbildung hier versammelt hatte.«

Cat fühlte sich irgendwie getäuscht und ärgerte sich darüber, dass Tonino bereits eine Beziehung zum Schloss hatte. »Dann bist du ja ebenfalls Engländer«, stellte er fest. Es klang, als ob er Tonino eines Verbrechens beschuldigte.

»Nein, ich bin Italiener«, betonte Tonino. Und mit Stolz führte er aus: »Ich gehöre zum vornehmsten Zauberergeschlecht Italiens.«

Darauf gab es nichts zu entgegnen. Cat erwog einen Augenblick zu sagen: »Und ich bin der nächste Chrestomanci – ich habe neun Leben«, doch das wäre dumm und prahlerisch gewesen. Tonino hatte ja auch nicht wirklich geprahlt. Er hatte nur eine Erklärung gegeben, warum er nicht zum Schloss gehörte. Deshalb führte Cat den Gast einfach zum Spielzimmer zurück, wo Julia darauf zu warten schien, Tonino Kartenspiele beizubringen. Cat schlich sich mit dem Gefühl davon, seine Pflicht getan zu haben. Fortan versuchte er Tonino aus dem Weg zu gehen. Er mochte das Gefühl nicht, das er bekam, wenn sich Tonino in seiner Nähe befand.

Leider erkrankte Julia am folgenden Tag an den Masern, und einen Tag darauf auch Roger. Cat hatte die Masern schon früher gehabt, lange bevor er nach Schloss Chrestomanci gekommen war, und Tonino ebenfalls. Janet konnte sich nicht daran erinnern, ob sie die Masern schon gehabt hatte oder nicht. Sie versicherte aber, dass es in der Welt, aus der sie kam, auch Masern gab, weil man dort gegen sie geimpft werden konnte.

»Vielleicht bin ich ja geimpft worden«, meinte sie optimistisch.

Chrestomancis Ehefrau Millie warf einen besorgten Blick auf Janet.

»Trotzdem solltest du Roger und Julia besser nicht zu nahe kommen«, sagte sie.

»Aber Sie sind doch eine Zauberin«, entgegnete Janet. »Sie könnten doch dafür sorgen, dass ich mich nicht anstecke.«

»Gegen die Masern ist Magie so gut wie machtlos«, erklärte Millie. »Ich wünschte, es wäre anders. Cat kann Roger und Julia besuchen, aber du bleibst ihnen bitte fern.«

Cat ging in Rogers und dann in Julias Zimmer und war erschrocken, wie krank beide waren. Es würde Wochen dauern, bis sie wieder so weit hergestellt waren, sich um Tonino kümmern zu können. Er ertappte sich dabei, wie er ohne Zaudern und kühl berechnend Janet mit einem Zauberbann belegte (Millies Worte in den Wind schlagend), damit sie nicht auch die Masern bekäme. Ihm war bewusst, dass das vielleicht das Selbstsüchtigste war, was er jemals getan hatte, aber er ertrug den Gedanken nicht, der Einzige zu sein, der sich um Tonino zu kümmern hatte.

Als er in das Schulzimmer zurückkam, fühlte er sich richtig schlecht.

»Wie geht es den beiden?«, fragte ihn Janet besorgt.

»Fürchterlich«, sagte Cat aus seiner momentanen Stimmung heraus. »Roger ist feuerrot und Julia ist hässlicher denn je.«

»Willst du damit sagen, dass Julia hässlich ist?«, fragte Janet. »Ich meine, in ihrer normalen Verfassung.«

»Ja«, bestätigte Cat. »Klein und pummelig, wie du schon immer sagtest.«

»Ich war wütend, als ich das sagte, und ungerecht«, gab Janet zu. »Du solltest mir nicht glauben, wenn ich wütend bin, Cat. Ich wette mit dir, dass aus Julia noch einmal eine hinreißende Schönheit wird, genauso gut aussehend wie ihr Vater. Die Statur hat sie von ihm. Und du musst zugeben, dass kein anderer Mann so hoch gewachsen, dunkel und gut aussehend ist wie Chrestomanci!«

Ihr Sprechen wurde immer wieder von einem trockenen Husten unterbrochen. Cat betrachtete sie mit Sorge. Noch waren in Janets sehr hübschem Gesicht keine rötlichen Punkte zu sehen, aber ihr goldenes Haar hing in traurigen Strähnen herab und ihre großen blauen Augen waren an den Rändern gerötet. Er fürchtete, dass er seinen Zauber zu spät angewendet hatte. »Und Roger?«, fragte er. »Soll aus ihm auch mal eine Schönheit werden?«

Janet schaute skeptisch. »Er gerät eher nach Millie. Aber«, wieder hustete sie, »er macht sich noch.«

»Im Gegensatz zu mir«, sagte Cat traurig. »Ich bin garstiger als alle. Ich glaube, aus mir wird mal ein böser Zauberer. Und ich fürchte, du hast auch die Masern gekriegt.«

»Habe ich *nicht*!«, protestierte Janet.

Hatte sie aber doch. Noch am selben Abend lag sie ebenfalls im Bett, über und über mit feuerroten Punkten übersät und hässlicher als Julia. Die Hausmädchen liefen mit fiebersenkenden Getränken treppauf, treppab, während Millie oben auf der Marmortreppe stand und das neue Telefon ausprobierte, um den Arzt kommen zu lassen.

»Ich werde noch verrückt«, sagte sie zu Cat. »Janet ist tatsächlich krank, sogar kränker als die anderen beiden. Schau doch mal nach Tonino, damit er sich nicht gar zu vernachlässigt fühlt. Er ist ein guter Junge.«

Ich hatte es ja geahnt!, dachte Cat bei sich und ging langsam zum Spielzimmer.

Hinter ihm klingelte wieder das Telefon. Er hörte, wie Millie das Gespräch annahm. Nach drei langsamen Schritten hörte er, wie sie wieder auflegte. Millie stöhnte auf, und sogleich kam Chrestomanci aus seinem Büro und schaute nach dem Rechten. Cat zog es vor, sich unsichtbar zu machen.

»Oh Gott!«, rief Millie. »Ich hatte eben gerade Mordecai Roberts am Apparat. Warum passiert immer alles auf einmal? Gabriel de Witt möchte Tonino morgen sehen.«

»Das kommt ungelegen«, sagte Chrestomanci. »Morgen muss ich unbedingt in Reihe eins zur Versammlung der Magier reisen.«

»Und ich muss wegen der anderen Kinder hier bleiben«, bekräftigte Millie. »Janet braucht alles, was Magie vermag, vor allem wegen ihrer Augen. Können wir Gabriel nicht auf ein anderes Mal vertrösten?«

»Das geht nicht«, entgegnete Chrestomanci ungewöhnlich ernst. »Morgen könnte Gabriels letzte Gelegenheit sein, irgendjemanden zu empfangen. Seine Leben verlassen ihn nun eins nach dem anderen. Und er war ganz aus dem Häuschen, als ich ihm von Tonino erzählte. Er hat immer gehofft, jemanden zu finden, der die Fähigkeit besitzt, seine vorhandene magische Kraft zu verstärken. Aber da fällt mir etwas ein. Wir können Cat mit Tonino zu ihm schicken. Gabriel ist fast ebenso gespannt auf Cat. Und Cat kann diese Verantwortung nur gut tun.«

Nein, überhaupt nicht!, dachte Cat. Ich *hasse* Verantwortung! Und während er unsichtbar zurück ins Spielzimmer schlich, dachte er die ganze Zeit: Warum gerade ich? Warum kann man nicht einen der Zauberer aus Gabriels Stab damit beauftragen oder Miss Bessemer oder sonst jemanden? Aber selbstverständlich waren wieder alle anderen beschäftigt, wenn Chrestomanci auf Reisen war und Millie sich um Janet kümmern musste.

Im Spielzimmer fand er Tonino, der sich auf ein abgewetztes Sofa gekuschelt hatte und eines von Julias Lieblingsbüchern las. Er hob kaum die Augen, als die Tür wie von selbst aufging und Cat sich wieder sichtbar machte.

Cat sah, dass Tonino ein eifriger Leser war. Darin glich er Janet und Julia, wie Cat mit Erleichterung feststellte. Cat ging still in sein Zimmer und suchte alle Bücher zusammen, die ihm Janet einmal zu lesen empfohlen hatte und mit denen er nie warm geworden war – Wie konnte Janet erwarten, dass er Bücher wie *Nellie geht zur Schule* lesen würde? Mit einem Wust solcher Bücher unterm Arm ging er zurück ins Spielzimmer.

»Hier«, sagte er und stellte den ganzen Stapel vor Tonino auf den Fußboden. »Janet findet die alle gut.«

Und während er sich auf dem anderen zerschlissenen Sofa lümmelte, dachte er, wenn er weiterhin Gutes zu einem bösen Zweck tat, sei er auf dem besten Weg, ein böser Zauberer zu werden. Er überlegte, wie er sich aus der Verpflichtung stehlen könnte, sich morgen um Tonino zu kümmern.

Cat waren die Besuche bei Gabriel de Witt in jedem Fall zuwider. Der Mann war so altmodisch und streng und so offenkundig ein Zauberer, dass man in seiner Gegenwart keinen Augenblick vergessen durfte, sich auf eine steife Art höflich zu benehmen. Doch nun war es noch schlimmer als sonst. Wie Chrestomanci gesagt hatte, verließen den alten Gabriel seine neun Leben nach und nach. Jedes Mal, wenn Cat zu ihm gebracht wurde, sah Gabriel de Witt kränker, älter und ausgezehrter aus. Cats geheime Furcht war denn auch, eines Tages mitten in der Konversation mit Gabriel de Witt plötzlich mit ansehen zu müssen, wie eines von Gabriels Leben sich auf und davon machte. Wenn das geschähe, würde er schreien.

Wegen der Furcht, dass es tatsächlich so weit kommen könnte, war Cat kaum in der Lage, sich mit Gabriel zu unterhalten. Gabriel de Witt teilte Chrestomanci mit, dass Cat ein merkwürdiger, verschlossener Junge sei. Worauf Chrestomanci in sarkastischem Tonfall nur »Tatsächlich?« erwiderte.

Die Leute, so dachte Cat, sollten sich eher um ihn kümmern, statt ihn zu zwingen, zusammen mit einem italienischen Jungen einem alten Zauberer einen Besuch abzustatten, mit dem sie ihn nur deprimierten. Leider fiel ihm nichts ein, wie er sich hätte drücken können, ohne dass Millie und Chrestomanci dahinter gekommen wären. Chrestomanci merkte gewöhnlich, wenn Cat unehrlich war, noch bevor es Cat selbst bewusst wurde. Mit einem Seufzer ging Cat zu Bett und hoffte, Chrestomanci würde es sich am folgenden Morgen anders überlegt haben und jemand anderen mit Tonino auf die Reise schicken.

Das traf leider nicht zu. Chrestomanci erschien beim Frühstück (in einem meergrünen Morgenmantel mit Wellenmuster) und ordnete an, dass Cat und Tonino den Halb-elf-Uhr-Zug nach Dulwich nehmen sollten, um Gabriel de Witt zu besuchen. Dann ging er wieder und Millie rauschte herein – sie wirkte sehr erschöpft, nachdem sie die halbe Nacht an Janets Bett gewacht hatte – und reichte ihnen das Fahrgeld.

Tonino runzelte erstaunt die Stirn. »Ich dachte, Monsignor de Witt sei der frühere Chrestomanci, Lady Chant?«

»Nenn mich doch einfach Millie«, sagte Millie. »Ja, das stimmt. Gabriel blieb so lange im Amt, bis er den Eindruck hatte, dass Christopher ihn ablösen könnte, und ging dann in den Ruhestand – Aber jetzt verstehe ich! Du dachtest, er sei tot! Oh nein, ganz und gar nicht. Gabriel ist so lebendig und scharfsinnig wie immer, das wirst du gleich merken.«

Eine Zeit lang hatte auch Cat gedacht, dass der letzte Chrestomanci tot sei. Er hatte angenommen, der amtierende Chrestomanci müsse sterben, ehe dessen Nachfolger ihn beerben konnte. Daher hatte er den gegenwärtigen Chrestomanci immer etwas ängstlich beobachtet für den Fall, dass es Anzeichen gab, Chrestomanci könnte seine letzten ihm verbliebenen Leben verlieren und Cat die Verantwortung aufhalsen, über die Magie in dieser Welt zu wachen. Deshalb erleichterte ihn die Feststellung, dass es weniger dramatisch zuging.

»Kein Grund zur Sorge«, beschwichtigte Millie. »Mordecai Roberts empfängt euch am Bahnhof und bringt euch nach dem Mittagessen mit einer Droschke dorthin zurück. Und Tom fährt euch im Wagen zum

Bahnhof und holt euch ab, wenn ihr mit dem Zug um drei Uhr neunzehn wieder heimkehrt. Hier ist das Fahrgeld, Cat, und fünf Shilling extra für den Fall, dass du auf dem Heimweg Hunger bekommst. Wie ich Miss Rosalie kenne, denkt sie nicht daran, dass Jungen tüchtig essen müssen. Sie hat schon früher nicht daran gedacht und wird sich auch nicht ändern. Und dann müsst ihr mir alles berichten, wenn ihr wieder nach Hause kommt.«

Dann umarmte sie beide herzlich, drehte sich um und murmelte beim Hinausgehen: »Eine heiße Zitrone, ein fiebersenkendes Mittel in einer halben Stunde und dann die Augensalbe.«

Tonino schob seinen Kakao beiseite. »Mir wird vom Zugfahren immer übel.«

Das war nicht gelogen. Zum Glück gelang es Cat, einen Eisenbahnwagen für sie allein zu bekommen. Tonino saß am anderen Ende des verrauchten Raums, das Fenster neben ihm so weit wie möglich geöffnet und mit einem Taschentuch vor dem Mund. Obwohl ihm das Frühstück nicht hochkam, wich doch alle Farbe aus seinem Gesicht. Cat mochte kaum glauben, dass jemand so kreidebleich werden konnte.

»Ging das den ganzen Weg von Italien bis hierher so?«, fragte Cat bestürzt.

»Es war noch schlimmer«, antwortete Tonino durch das Taschentuch und schluckte verzweifelt.

Cat wusste, dass eigentlich Mitgefühl angebracht gewesen wäre. Er selbst wurde auch reisekrank, aber nur in Automobilen. Doch statt Mitgefühl zu zeigen, wusste er nicht recht, ob er sich überlegen fühlen sollte oder einfach nur belästigt, weil Tonino schon wieder mehr zu bedauern war als er.

Auf jeden Fall brauchte sich Cat auf der Reise nicht mit ihm zu unterhalten.

Dulwich war ein schmuckes Dorf südlich von London. Kaum hatte die Lokomotive dampfend den Bahnsteig verlassen, wiegte sich das Laub der Bäume in einer frischen Brise. Tonino atmete tief durch und gewann bald wieder seine gewohnte Farbe zurück.

»Reisekrank?«, fragte Mordecai Roberts teilnahmsvoll, als er sie zur Droschke führte, die vor dem Bahnhof auf sie wartete. Aus Mordecai Roberts war Cat nie richtig schlau geworden. Mit dem hellen, beinahe weißen Lockenhaar und dem kaffeebraunen Teint sah er viel fremdländischer aus als Tonino, und doch sprach er ein akzentfreies Englisch. Obendrein ein gebildetes Englisch, und das war ein weiterer Grund zur Verwunderung, denn Cat hatte immer den Verdacht gehabt, Mr Roberts könnte ein Diener sein, der Gabriel de Witt nach dessen Rückzug in den Ruhestand zur Verfügung stand. Doch Mr Roberts schien sich auch mit Zauberei auszukennen. Er schaute Cat vorwurfsvoll an und erlaubte sich, als sie in die Droschke stiegen, die Bemerkung: »Es gibt Hunderte von Zaubersprüchen gegen Reisekrankheit.«

»Ich dachte, ich hätte es versucht«, sagte Cat verlegen. Wieder stand er vor dem alten Problem, nicht zu wissen, wann er seine magischen Kräfte benutzte und wann nicht. Sollte er aber tatsächlich auf Tonino magisch eingewirkt haben, dann war das nicht um Toninos willen geschehen. Cat mochte es nämlich nicht, andere Menschen krank zu sehen. Schon wieder hätte er etwas Gutes aus einem schlechten, eigensüchtigen Motiv getan. Wenn er so weitermachte, würde er mit Sicherheit bald als böser Zauberer enden.

Gabriel de Witt wohnte geräumig und komfortabel. Das moderne Haus besaß große Fenster und ein Metallgeländer rund um das Dach, wie es jetzt Mode war. Es stand, inmitten von Bäumen, an einer neu angelegten Straße und erlaubte einen Ausblick auf die Landschaft.

Miss Rosalie öffnete die blitzblanke weiße Haustür und bat alle herein. Die kleine lustige Frau mit den vielen grauen Strähnen im schwarzen Haar trug immer graue Spitzenhandschuhe. Auch sie gab Rätsel auf. Durch den grauen Spitzenhandschuh der linken Hand schien ein großer goldener Ehering hindurch, der, so schien es Cat zumindest, bedeuten konnte, dass sie mit Mr Roberts verheiratet war, obgleich sie sich weiterhin Miss Rosalie nennen ließ.

Außerdem benahm sie sich, als ob sie eine Hexe wäre, was sie aber nicht war. Als sie die Haustür schloss, tat sie ein paar Handbewegungen, als ob sie die Tür mit Schutzzauber belegen würde. Tatsächlich war es aber Mr Roberts, der für den Schutzzauber verantwortlich war.

»Ihr müsst nach oben gehen, Jungs«, sagte Miss Rosalie. »Heute habe ich ihn ins Bett gesteckt. Er möchte dich unbedingt kennen lernen und mehr über die neue Magie wissen. Hier hinauf.«

Im Schlepptau von Miss Rosalie stiegen sie die mit dicken Teppichen belegte Treppe hinauf und traten in ein großes, sonnendurchflutetes Zimmer, in dem sich weiße Vorhänge sanft vor großen Fenstern bauschten. Alles war in Weiß: die Wände, der Teppich, das Bett mit den aufgeschüttelten Kissen und der Tagesdecke, der Maiglöckchenzweig auf dem Nachttischchen. Das Zimmer sah so sauber aus, als ob hier niemand wohnte.

»Ah, Eric Chant und Antonio Montana!«, begrüßte sie Gabriel de Witt aus einem Berg von Kissen. Seine dünne Greisenstimme klang recht munter. »Schön, euch zu sehen. Setzt euch hierher, damit ich euch sehen kann.«

Zwei schlichte weiße Stühle hatte man auf halber Höhe zu beiden Seiten des Bettes aufgestellt. Ganz verängstigt setzte sich Tonino auf den nächststehenden. Cat konnte das gut nachfühlen. Während er zu dem anderen Stuhl hinüberging, dachte er, dass wohl das ganze Weiß Gabriel de Witt sichtbarer machen sollte. Gabriel war so dünn und blass geworden, dass man ihn in normalen Farben kaum gesehen hätte. Sein weißes Haar verschmolz mit dem Weiß der Kissen. Sein Gesicht war so eingesunken, dass es aus zwei Höhlen zu bestehen schien, aus denen zwischen den hervorstehenden Wangenknochen und der hohen weißen Stirn zwei fieberglänzende Augen starrten. Cat vermied es, auf das weiße Brusthaar zu schauen, das aus dem weißen Nachthemd unter Gabriels spitzem Kinn hervorlugte. Irgendwie schien ihm das unschicklich. Das Verwirrendste war jedoch, so schien es Cat, der Geruch nach Krankheit und Alter und, allem klinischen Weiß zum Trotz, die dunklen Ränder an allen Gegenständen. Die Ecken des Zimmers sahen grau aus und waren nur undeutlich zu erkennen. Cat konzentrierte seinen Blick auf Gabriels lange, geäderte Magierhände, die gefaltet auf der Tagesdecke lagen, denn diese Hände schienen ihm noch das Normalste an ihm zu sein. Er hoffte, dass sich der Besuch nicht zu sehr in die Länge ziehen würde.

»Ja, mein lieber Antonio«, begann Gabriel und seine blassen Lippen bewegten sich dabei so geisterhaft, dass Cat gar nicht hinschauen mochte, »ich habe gehört, deine Magie ist dann besonders mächtig, wenn du den Zauber eines anderen als Sprungbrett nutzen kannst.«

Tonino nickte eingeschüchtert. »Ja, so ist es.«

Cat blickte weiterhin auf Gabriels reglos gefaltete Hände und stellte sich auf eine mindestens einstündige Unterhaltung über theoretische Magie ein. Umso überraschter war er, als diese für Cat unverständliche Fachsimpelei nach fünf Minuten plötzlich abbrach. »In dem Fall«, sagte Gabriel, »würde ich gern mit deiner Erlaubnis ein kleines Experiment machen. Wirklich nur ein kleines. Wie du siehst, bin ich heute sehr schwach. Ich möchte einen Zauber bewirken, der mir die Kraft geben soll, mich im Bett aufzusetzen. Allerdings würde ohne deine Hilfe nicht viel dabei herauskommen. Könntest du mir dabei helfen?«

»Selbstverständlich«, sagte Tonino. »Wäre ein, äh, Stärkungszauber das Richtige? Ich müsste dazu allerdings singen, denn so machen wir das immer in der Casa Montana.«

»Unbedingt«, stimmte Gabriel zu. »Meinetwegen kannst du gleich loslegen.«

Tonino hob den Kopf, und sang, zu Cats Überraschung, mit sanfter melodiöser Stimme ein wie ihm schien lateinisches Lied, während Gabriels Hände auf der Decke leichte Bewegungen dazu machten. Kaum war das Lied zu Ende, schwollen die Kissen hinter Gabriels Kopf zu einem dicken Polster an und brachten den alten Mann in Sitzposition. Dann federten sie zurück, so dass er nun aus eigener Kraft aufrecht saß.

»Gut gemacht!«, lobte Gabriel. Er war sichtlich erfreut. Seine Wangen zeigten ein leichtes Rosa und seine Augen strahlten. »Du hast starke und sehr ungewöhnliche Zauberkräfte, mein Junge.« Dann wandte er sich an Cat. »Und nun zu dir, Eric. Die Sache ist wichtig. Sind deine übrigen Leben sicher aufgehoben? Ich habe Grund zu der Annahme, dass es jemand auf deine und meine Leben abgesehen hat.«

Cats Gedanken wanderten zu einem Heftchen mit

Streichhölzern, von denen schon die Hälfte abgebrannt war. »Chrestomanci hat sie in den Schlosstresor eingeschlossen und mit mehreren Bannsprüchen belegt. Dort scheinen sie sicher.«

Gabriels Augen schauten in die Ferne, als er sich Cats Leben vergegenwärtigte. »Stimmt«, sagte er. »Sie scheinen sicher. Aber mir war nie ganz wohl dabei, auch als Christophers andere Leben noch dort verwahrt wurden. Ich bannte damals sein letztes Leben in einen goldenen Ring. Das war zu der Zeit, als er jede Woche eines seiner Leben zu verlieren schien und dringend etwas geschehen musste. Ich war wirklich erleichtert, als er heiratete und wir sein letztes Leben Millie als Trauring geben konnten. Mir wäre es viel lieber, wenn deine Leben in ähnlich guter Obhut wären. Ein Streichholzheftchen ist doch so klein und nichtig.«

Cat wusste das nur zu gut. Doch einen besseren Hüter als Chrestomanci kannte er nicht. »Wer hat es denn auf meine restlichen Leben abgesehen?«, fragt er.

»Das Merkwürdige daran ist«, erklärte Gabriel, immer noch starr in die Ferne schauend, »dass der Einzige, dem die hierfür erforderliche Magie zu Gebote steht, schon seit wenigstens zweihundert Jahren tot ist. Ein Zauberer namens Neville Spinnenbein, einer der letzten wirklich bösen Zauberer.«

Cat starrte Gabriel an, der wie ein abgezehrter alter Prophet in die Ferne blickte. Auf der anderen Bettseite machte Tonino ein genauso erschrockenes Gesicht wie Cat. »Wie kommen Sie darauf«, fragte Cat mit heiserer Stimme, »dass es jemand aus der Vergangenheit sein könnte?«

»Weil –«, begann Gabriel.

Dann geschah das, was Cat befürchtet hatte.

Gabriel de Witts Gesicht erstarrte plötzlich. Die Kissen hinter ihm wichen langsam zurück und ließen den alten Mann wieder in die Waagerechte sinken. Gabriel de Witt schien aus sich selbst herauszusteigen. Ein hoch gewachsener alter Mann im langen weißen Nachtgewand ging aus dem liegenden alten Mann hervor, blieb stehen und schaute traurig erst Cat und dann Tonino an, ehe er in eine Ferne davonschritt, die irgendwie nicht mehr zu dem weißen Zimmer gehörte.

Beide drehten ihre Köpfe und starrten dem Fortgehenden nach. Cat merkte, dass er durch die Gestalt des schreitenden alten Mannes hindurch Tonino sehen konnte und den Maiglöckchenzweig und die Kanten des weißen Schranks. Während der alte Mann weiterschritt, wurde er kleiner und kleiner, bis er schließlich in der weißen Ferne verschwand.

Cat wunderte sich, dass er gar nicht schrie. Beinahe hätte er es dann doch getan, als er Gabriel de Witt in den Kissen liegen sah. Das Gesicht des Mannes war blassviolett und noch tiefer eingesunken als vorher, während ihm der Mund langsam immer weiter aufging. Cat brachte keinen Laut hervor und konnte sich nicht rühren. Dann flüsterte ihm Tonino zu: »Ich konnte dich durch ihn *hindurch* sehen!«

Cat schluckte. »Ich auch. Ich habe dich auch gesehen. Wie war das nur möglich?«

»War das sein letztes Leben?«, fragte Tonino. »Ist er jetzt wirklich tot?«

»Ich weiß nicht«, sagte Cat. »Aber wir sollten jetzt Bescheid geben.«

Doch alle schienen bereits alarmiert zu sein. Gedämpfte Schritte waren auf dem Teppich draußen zu hören, dann stürzte Miss Rosalie ins Zimmer, gefolgt von Mr Roberts. Beide eilten ans Bett und schauten gespannt auf Gabriel de Witt, als ob er jeden Augenblick wieder aufwachen würde. Cat schaute wieder auf Gabriels offen stehenden Mund und die unheimliche blassviolette Gesichtsfarbe und dachte, dass er noch nie jemanden gesehen hatte, der so tot aussah wie Gabriel de Witt. Er hatte seine toten Eltern kurz vor ihrer Beerdigung gesehen, doch sie sahen damals aus, als würden sie schlafen, überhaupt nicht so wie diese Gestalt hier.

»Habt keine Angst«, beruhigte Miss Rosalie die beiden Jungen. »Da ist wieder ein Leben gegangen, doch er hat noch zwei übrig.«

»Nein, Sie vergessen das Leben, das er Ascheth überlassen hat«, erinnerte sie Mr Roberts.

»Ach, stimmt ja«, sagte Miss Rosalie. »Wie dumm von mir. Aber eines bleibt ihm auf jeden Fall noch. Geht doch nach unten, Jungs, und wartet dort, bis neues Leben in ihn tritt. Das kann manchmal eine ganze Weile dauern.«

Cat und Tonino erhoben sich dankbar von den Stühlen. Doch gerade in diesem Augenblick rührte sich Gabriel. Sein Mund schnappte zu und sein Gesicht bekam wieder einen menschlichen Ausdruck. Er sah blass und erschöpft aus, aber doch wie jemand, den starke Gefühle bewegten.

»Rosalie«, sagte er schwach und unruhig, »warnen Sie Chrestomanci. Neville Spinnenbein schleicht um das Haus herum. Das habe ich eben ganz deutlich gespürt.«

»Ach Unfug, Gabriel!«, entgegnete Miss Rosalie rasch und bestimmt. »Wie *sollte* er? Sie *wissen* doch, dass Neville Spinnenbein – wie immer er auch mit richtigem Namen heißen mag – zur Zeit des ersten Chrestomanci lebte. Das war mehr als hundert Jahre vor Ihrer Geburt!«

»Und ich sage Ihnen, dass ich ihn förmlich gerochen habe!«, beteuerte Gabriel. »Er war hier, als mich wieder ein Leben verließ.«

»Das können Sie nicht«, widersprach Miss Rosalie.

»Das kann ich sehr wohl. Ich habe ihn eingehend studiert«, bekräftigte Gabriel. Seine Stimme wurde schwächer und zitterte. »Als ich zum Chrestomanci ernannt wurde, habe ich mich eingehend mit ihm beschäftigt, weil ich wissen wollte, was einen wirklich bösen Zauberer ausmacht, und Spinnenbein war der gerissenste von allen. Und auch was er jetzt vorhat, ist sehr schlau, Rosalie. Er versucht stärker zu werden als jeder Chrestomanci. Warnen Sie Christopher, dass er sich nicht mehr sicher fühlen kann. Warnen Sie besonders Eric.«

»Ja, ja, das mache ich schon«, sagte Miss Rosalie, doch offensichtlich nur, um Gabriel zu beruhigen. Doch der begann sich verzweifelt hin und her zu wälzen und Kissen auf den Fußboden zu werfen. »Gut, ich werde sie warnen«, versprach Miss Rosalie und legte die Kissen zurück. »Beruhigen Sie sich, Gabriel, und machen Sie sich nicht selbst verrückt. Ich tue ja alles, was Sie von mir wünschen.« Sie bedeutete Mr Roberts, Cat und Tonino aus dem Zimmer zu führen.

Mr Roberts nickte. Er legte jedem der beiden Jungen eine Hand auf die Schulter und schob sie hinaus zur Treppe. Noch während er behutsam die Tür schloss, hörten sie Gabriel sagen: »Bitte, Rosalie, ich deliriere nicht! Spinnenbein hat gelernt in der Zeit zu reisen. Er ist gefährlich. Ich weiß, wovon ich rede.« Gabriel de Witts Stimme klang so schwach und gleichzeitig so aufgeregt, dass Mr Roberts mit tief besorgter Miene sagte: »Jungs, es ist wohl das Beste, ihr kehrt jetzt heim. Ich glaube nicht, dass sich Gabriel de Witt heute so weit erholt, um noch einmal mit euch zu sprechen. Ich bestelle euch eine Droschke und rufe im Schloss an, dass ihr einen Zug früher nehmt.«

Nichts hätte Cat lieber getan. Er brauchte Tonino nur anzuschauen, um zu wissen, dass dieser sich genauso fühlte wie er. Cat bedauerte lediglich, dass sie nun das Mittagessen verpassen würden. Wenn es freilich nach Miss Rosalie ging, waren eine Tomate und ein paar Salatblättchen eine ausreichende Mahlzeit. Cat hatte aber noch Millies fünf Shilling. Während er Mr Roberts nach unten folgte, dachte er schon an Schmalzgebäck und gedeckten Obstkuchen.

Der Zufall wollte es, dass gerade eine Droschke die Straße heraufkam, als sie aus der Eingangspforte traten. Es war eine von den alten Pferdedroschken, die wie eine große Kiste auf Rädern aussahen und bei denen der Kutscher oben auf der Kiste saß. Die Droschke und der magere Klepper davor sahen schäbig aus, doch Mr Roberts rief trotzdem erleichtert den Kutscher heran und bezahlte gleich die Fuhre. »Ihr könnt noch den 12-Uhr-30-Zug erreichen«, sagte er zu den Jungen, und zum Kutscher gewandt: »Machen Sie schnell.«

Er schloss den Wagenschlag und die Droschke fuhr los. Drinnen roch es muffig, der Wagen rumpelte und die Achsen quietschten. Cat war froh, rasch fortzukommen. Bis zum Bahnhof war es nicht weit. Er lehnte sich im Halbdunkel in die Polster zurück und ließ seine Gedanken schweifen. An Gabriel de Witt wollte er für lange Zeit nicht mehr denken. Stattdessen dachte er nun an belegte Brote und Kuchen.

Doch nach einer halben Stunde Fahrt in der rumpelnden, quietschenden und muffigen Droschke begann sich Cat doch zu wundern. Er wandte sich dem anderen Jungen zu, der im Halbdunkel saß. »Wohin fahren wir eigentlich?«

Tonino – wenn er wirklich so hieß: Cat war sich mit einem Mal gar nicht mehr sicher – schüttelte nur vage den Kopf. »Wir fahren Richtung Nordost«, sagte er. »Mir ist übel.«

»Halte durch«, ermunterte ihn Cat. Wenn es etwas gab, was Cat gewiss wusste, dann dies, dass er sich um den Jungen neben ihm zu kümmern hatte, ganz gleich wie sein Name war. »Es kann nicht mehr weit sein«, beruhigte er ihn. Erst dann fragte er sich, was oder wohin es nicht mehr weit sein sollte. Verblüfft stellte er fest, dass er davon nicht die leiseste Ahnung hatte.

Wenigstens lag er mit seiner Annahme, dass es nicht mehr weit sein könnte, nicht falsch. Fünf Minuten später, als der andere Junge immer verzweifelter schluckte, hielt die quietschende Droschke unter dem lauten Ruf des Kutschers: »So, da wären wir!« an. Auf Cats Seite wurde der Wagenschlag geöffnet. Cat blinzelte nach draußen und sah im grauen Licht ein schmutziges Straßenpflaster und eine Reihe sehr alter Häuser, die sich rechts und links, so weit das Auge reicht hinzogen. Wir müssen am Stadtrand von London sein, dachte er. Mitten in Cats Verblüffung hinein meldete der Kutscher: »Zwei Blondschöpfe, Meister, genau wie Sie gesagt haben.«

Der andere, der den Wagenschlag aufgemacht hatte, schaute nun ins Innere der Droschke. Vor ihnen stand ein schmächtiger, ältlicher Mann in einem speckigen schwarzen Gehrock. Glotzende braune Augen und ein braunes Gesicht voller Haare und Falten gaben ihm ein tierisches Aussehen, so dass man ihn für einen Affen hätte halten können, wäre nicht der schwarze, an die Kopfbedeckung eines Geistlichen erinnernde Schlapphut gewesen. Oder auch nicht. Cat dachte erneut, dass ihn alle Gewissheiten verlassen hatten.

Der Affenmund verzog sich zu einem breiten Grinsen. »Ja, das sind die Richtigen«, bestätigte der Mann, »genau wie bestellt.« Mit lauter Stimme herrschte er die Jungen an: »Heraus mit euch. Beeilung!«

Cat und Tonino kletterten folgsam aus der Kutsche und standen im nächsten Augenblick auf einer Straße mit alten Häusern, von denen jedes irgendwie anders aussah, wie windschiefe Katen, die für eine große Stadt gebaut waren. Der Mann im schwarzen Gehrock gab dem Kutscher eine Goldmünze. »Verzaubert für Ihre Rückfahrt«, murmelte er. Es war schwer zu sagen, ob er mit sich selbst sprach oder mit dem Kutscher, jedenfalls zog dieser vor ihm ehrerbietig den Hut, ließ die Peitsche knallen und fuhr rumpelnd davon. Die Droschke schien über das holprige Pflaster zu hüpfen und mit jedem Hüpfer war sie schwerer zu erkennen. Noch ehe sie das Ende der Straße erreicht hatte, war sie ganz dem Blickfeld der Jungen entschwunden.

Sie schauten ihr immer noch hinterher. »Warum ist das passiert?«, fragte Tonino.

»Gehört zur Zukunft, nicht wahr?«, bellte der Affenmensch. Wieder hätte er auch mit sich selbst reden können. Doch dann wandte er sich ihnen zu. »Los jetzt. Keine dummen Fragen. Schließlich stelle ich nicht jeden Tag zwei Gehilfen aus dem Armenhaus an. Ihr sollt euch den Unterhalt mit Arbeit im Haus verdienen. Kommt mit.«

Dann drehte er sich um und eilte in das Haus vor ihnen. Sie folgten ihm durch eine grob gezimmerte Haustür – die mit einem Knall hinter ihnen zufiel – in eine dunkle Diele. Daran schloss sich ein großer Raum an, in den Licht durch eine Reihe schmutziger Fenster fiel und durch die Gebüsche zu sehen waren. Während der Mann sie durch den Raum trieb, erkannte Cat, dass sie im Laboratorium eines Magiers waren. Die Luft roch nach Magie und Drachenblut, und auf den meisten Dielenbrettern waren mit Kreide Zaubersymbole geschrieben. Cat quälte das Gefühl, eigentlich wissen zu müssen, was es mit den meisten Symbolen auf sich hatte. Er erkannte auch, dass sie nicht in der ihm gewohnten Reihenfolge standen, doch sobald er darüber nachdachte, verschwamm die Bedeutung der Symbole für ihn.

Das Wichtigste, so schien es ihm wenigstens, war die Reihe der Sternkarten an der Wand. Insgesamt waren es acht, angefangen bei einer alten, bräunlichen ganz links bis zur neuesten, noch hellen Karte auf der

Rechten, gleich neben einer Lücke, wo eine neunte Karte gehangen hatte.

»Habe es aufgegeben, mich damit zu beschäftigen. War zu gut geschützt«, bemerkte der Affenmensch, als er Cat zur Lücke hinaufschauen sah. Vielleicht redete er auch wieder mit sich selbst, denn sogleich öffnete er eine Tür am anderen Ende des Raums. »Weiter, weiter«, schnauzte er und eilte über eine Seitentreppe in das kühle Kellergeschoss voraus. Beim Weiterlaufen dachte Cat noch, dass ihm die letzte Karte gleich nach der Lücke irgendwie bekannt vorgekommen war. Am Ende der Treppe wandte sich der Affenmensch zu den Jungen und fragte: »Und nun zu euch. Wie heißt ihr eigentlich?«

Diese Frage zu stellen schien ganz vernünftig, aber die Jungen standen nur zitternd auf dem kalten Steinboden und starrten sich an. Beide hatten nicht den blassesten Schimmer, wie die Antwort lauten könnte.

Der Mann stöhnte über so viel Begriffsstutzigkeit. »So löchrig kann euer Gedächtnis doch gar nicht sein«, murmelte er. Dann zeigte er auf Cat. »Schön«, sagte er zu Tonino. »Wie ist *sein* Name?«

»Äh –«, begann Tonino, »es bedeutet irgendetwas in Latein, glaube ich. Felix oder so ähnlich. Ja, Felix.«

»Und *sein* Name«, fragte er zu Cat gewandt, »wie lautet der?«

»Tony«, sagte Cat. Das schien ihm zwar nicht richtig, genauso wenig wie Felix, aber er sah sich außer

Stande, der Wahrheit näher zu kommen. »Sein Name ist Tony.«

»Nicht Eric?«, schnauzte der Mann. »Wer von euch beiden ist Eric?«

Beide schüttelten den Kopf. Gleichwohl hatte Cat die undeutliche Ahnung, dass der Name ein geschütztes Heidekraut bezeichnete. Die Idee kam ihm so dämlich vor, dass er sie sogleich wieder fallen ließ.

»Na schön«, bellte der Mann. »Tony und Felix, ihr beide seid von jetzt an meine Gehilfen. Hier in diesem Raum werdet ihr essen und schlafen. Matratzen findet ihr dort drüben.« Er zeigte mit seiner braunen behaarten Hand auf einen dunklen Winkel. »In der Ecke gegenüber sind Besen und eine Kehrschaufel. Ich verlange von euch, dass ihr hier alles so sauber wie möglich macht. Wenn ihr damit fertig seid, dürft ihr die Matratzen auslegen.«

»Ach, Sir –«, begann Tonino. Er hielt erschrocken inne, als das haarige alte Affengesicht sich umdrehte und ihn anstarrte. Dann sagte er etwas, was er anfangs nicht hatte sagen wollen. »Bitte, wie sollen wir Sie anreden?«

»Ich bin als Meister Spinnenbein bekannt«, schnauzte der Mann. »Nennt mich einfach Meister.«

Cat zuckte zusammen, als er den Namen hörte. Er führte es darauf zurück, dass er den affengesichtigen alten Mann nicht leiden konnte. Der Geruch nach muffigen Kleidern, Schimmel und Krankheit, der von ihm ausging, erinnerte Cat an etwas, das er nicht näher bestimmen konnte, außer dass es ihm dabei sehr unheimlich wurde. Um das Gefühl zu vertreiben, sagte er das, was Tonino vorhin eigentlich hatte zur Sprache bringen wollen.

»Sir, wir haben noch nichts zu Mittag gegessen.«

Meister Spinnenbeins Affenaugen blinzelten zu Cat hinüber. »Tatsächlich? Ihr bekommt erst etwas zu essen, wenn ihr den Keller gefegt und geputzt habt.« Darauf drehte er sich um und lief mit wehenden Rockschößen die Treppe hinauf. Vor der Tür hielt er noch einmal an. »Und versucht nicht zu zaubern«, warnte er sie. »So was will ich hier nicht sehen. Nichts dergleichen. Dieser Ort liegt außerhalb der Zeit, also benehmt euch anständig.« Dann ging er und schloss die Tür hinter sich. Die Jungen hörten, wie ein Riegel auf der anderen Seite einschnappte.

Außer dieser Tür hatte der Keller keinen anderen Ausgang. Oben in der Mauer gab es nur ein einziges verschlossenes Fenster, durch dessen schmutzige Scheibe graues Tageslicht fiel. Cat und Tonino schauten von der Tür hinauf zum Fenster und sahen dann einander an. »Was meinte er damit, nicht zu zaubern«, fragte Tonino. »Kannst du etwa zaubern?«

»Das glaube ich eigentlich nicht«, sagte Cat. »Du vielleicht?«

»Ich – ich kann mich nicht erinnern«, sagte Tonino kläglich. »Mein Kopf ist leer.«

Cat ging es genauso. Auch er hatte keine Erinnerung und wusste nicht, warum sie hier waren und ob er darüber besorgt oder unglücklich sein sollte. So hielt er sich an zwei Dingen fest, über die er Gewissheit hatte: Tonino war jünger als er und deshalb war es Cats Pflicht, sich um ihn zu kümmern.

Tonino zitterte. »Holen wir uns die Besen und fangen mit dem Fegen an«, schlug Cat vor. »Das wärmt uns auf, und außerdem gibt er uns etwas zu essen, wenn wir fertig sind.«

»Das *sollte* er«, bemerkte Tonino. »Hast du etwa Vertrauen zu ihm?«

»Nein«, antwortete Cat. Auch darüber war er sich völlig im Klaren, mochte er auch über alles andere im Ungewissen sein. »Aber wir geben ihm besser keinen Vorwand, uns das Mittagessen vorzuenthalten.«

In der Ecke neben der Treppe fanden sie zwei abgenutzte Besen und eine langstielige Kehrschaufel. Über den herumliegenden Müll konnten sie nur staunen: rostige Konservendosen, mit Spinnweben überzogene Bretter, Teppiche, die so alt waren, dass sie sich schon in Staub auflösten, Spazierstöcke, zerbrochene Krüge, Regenschirme, Uhrwerke und Dinge, die so zerfallen waren, dass nicht mehr zu erkennen war, wofür sie früher einmal getaugt haben könnten. Dennoch machten sich die beiden an die Arbeit. Ohne sich absprechen zu müssen, begannen sie am Fuß der Treppe mit dem Fegen. Der übrige Raum war mit zerkratzten Arbeitstischen und zerbrochenen Stühlen so voll gestellt, dass überhaupt kein Durchkommen war. Die gegenüberliegende Mauer war mit einer so dicken Schicht aus Staub und Spinnweben bedeckt, wie Cat es niemals für möglich gehalten hätte. Außerdem konnten sie hier an der Treppe hören, wie Meister Spinnenbein, in Selbstgespräche vertieft, über den knarrenden Dielenboden ging, und sie hatten allen Grund anzunehmen, dass er sie ebenfalls hören konnte. Die Jungen dachten, wenn er hörte, wie tüchtig sie arbeiteten, würde er vielleicht auf die Idee kommen, ihnen etwas zu essen zu bringen.

Sie fegten und fegten, doch die Arbeit schien nicht weniger zu werden. Den Teppich, der am wenigsten roch, benutzten sie zum Staubwischen. Cat fand auch einen alten Sack, in den sie geräuschvoll schaufelweise Staub, Unrat und Glasscherben füllten und dann alles mit den Besen feststampften. Unter lautem Klirren und Scheppern zog Tonino weiteren Müll aus einem dunklen Winkel hervor und entdeckte darunter auch die Matratzen. Sie waren feucht und muffig und starrten vor Schmutz.

Cat stapelte die zerbrochenen Stühle zu einer Pyramide auf und legte die Matratzen zum Lüften darüber. Bis dahin, so stellte Cat zu seiner Überraschung fest, hatten sie bereits über die Hälfte des Raums entrümpelt. Staub hing in der Luft, drang in Kleidung und Haare, legte sich als grauer Schleier über ihre Gesichter und brachte Toninos Augen zum Tränen und seine Nase zum Laufen. Ihre Hände waren schwarz vor Schmutz, nur ihre Fingernägel waren noch schwärzer. Sie waren hungrig, durstig und zum Umfallen müde.

»Ich muss etwas trinken«, krächzte Tonino.

Cat fegte die Treppe geräuschvoll ein zweites Mal, doch Spinnenbein verriet mit keinem Zeichen, dass er sie gehört hatte. Und wenn man ihn einfach riefe …? Dazu war allerdings eine gehörige Portion Mut nötig. Außerdem brachte es Cat nicht über sich, Spinnenbein »Meister« zu nennen, sosehr er sich auch bemühte. So klopfte er höflich an die Tür und rief: »Entschuldigen Sie, aber wir sind schrecklich durstig.«

Keine Antwort. Als Cat das Ohr an die Tür legte und horchte, hörte er Spinnenbeins Schritte nicht mehr. Niedergeschlagen ging er die Treppe hinunter. »Ich glaube, er ist gar nicht mehr da.«

Tonino seufzte. »Er weiß bestimmt, wann der ganze Keller entrümpelt und sauber ist, und erst dann kommt er wieder. Ich bin mir ziemlich sicher, dass er ein Zauberer ist.«

»Deswegen können wir trotzdem eine Pause machen«, sagte Cat. Er zerrte die beiden Matratzen bis zur Wand und baute daraus eine Sitzgelegenheit. Beide ließen sich erschöpft darauf nieder. Die Matratzen waren immer noch feucht und rochen fürchterlich, doch die Jungen bemühten sich, nicht darauf zu achten. »Woher willst du wissen, dass er ein Zauberer ist?«, fragte Cat, um nicht an den Geruch und die Feuchtigkeit denken zu müssen.

»Seine Augen«, gab Tonino zur Antwort. »Deine Augen sind genauso.«

Cat dachte an Spinnenbeins glänzende Glotzaugen

und ein Schauder lief ihm über den Rücken. »Meine Augen sind überhaupt nicht so!«, protestierte er. »Meine Augen sind blau.«

Tonino senkte den Kopf und stützte ihn in beide Hände. »Tut mir Leid«, entschuldigte er sich. »Eine Zeit lang habe ich dich für einen Zauberer gehalten. Jetzt weiß ich überhaupt nicht mehr, was ich denken soll.«

Nun rutschte Cat unruhig hin und her. War es nicht beängstigend, dass jedes Mal, wenn er an etwas Bestimmtes, vor allem aber wenn er an Magie dachte, sein Denken plötzlich ins Stocken geriet? Außer dem Hier und Jetzt in diesem kalten Keller schien es nichts zu geben, nur diesen widerlichen Geruch aus den Matratzen und die Feuchtigkeit, die mit dem Geruch aufstieg und in die Kleidung drang.

Neben ihm zitterte Tonino wieder. »Das führt zu nichts«, entschied Cat. »Stehen wir wieder auf.«

Tonino erhob sich. »Ich glaube, es gibt einen Zauber, der uns so folgsam macht«, sagte er. »Er hat uns gesagt, dass wir die Matratzen erst auslegen dürfen, *nachdem* der Keller entrümpelt ist.«

»Na wenn schon«, entgegnete Cat. Er nahm die obere Matratze und schüttelte sie, um den Geruch oder den Zauber loszuwerden. Das hätte er besser nicht tun sollen. Der ganze Keller füllte sich schlagartig mit dichtem, übel riechendem Staub, der ihnen den Atem nahm. Die beiden konnten einander kaum noch erkennen. Das wenige, was Cat von Tonino sah, war beunruhigend. Tonino stand vornübergebeugt und hörte nicht auf zu husten. Zu dem schrecklichen Husten gesellte sich ein keuchendes Geräusch, wenn er versuchte Luft zu holen. Es schien, als ob Tonino im nächsten Augenblick ersticken müsste, und das brachte Cat um das letzte bisschen klaren Verstand, das ihm noch geblieben war.

Er ließ die Matratze fallen, griff nach einem Besen und lief, von Angst und Schuldgefühlen gepackt, die Treppe hinauf. Oben pochte er mit dem Besenstiel wild gegen die Tür. »Zu Hilfe!«, schrie er. »Tony erstickt! *Zu Hilfe!*«

Nichts geschah. Kaum hatte Cat aufgehört an die Tür zu pochen, merkte er an der Stille nebenan, dass Spinnenbein keinesfalls zuhörte. Er lief wieder hinunter in die dichte Staubwolke, packte den halb erstickten Tonino am Ellenbogen und stieß ihn die Treppe hinauf.

»Geh bis zur Tür«, drängte er. »Dort oben ist die Luft nicht so dick.« Er hörte, wie Tonino hustend nach oben ging, während er selbst zu dem schmutzigen, hoch gelegenen Fenster lief und den Besenstiel wie eine Lanze gegen die Scheibe warf.

Eigentlich hatte Cat die Scheibe zertrümmern wollen. Doch das vor Schmutz starrende Glas splitterte nur, ohne zu zerbrechen, so hart Cat auch mit dem Besenstiel dagegen pochte. Mittlerweile hustete er fast so fürchterlich wie Tonino. Und zornig war er auch. Spinnenbein wollte offensichtlich ihren Willen brechen. Nun, das würde ihm nicht gelingen! Cat schleppte einen von den schweren, zerkratzten Arbeitstischen unter das Fenster und stieg hinauf.

Das Fenster hatte einen Schiebemechanismus. Nun, da Cat aufrecht auf dem Tisch stand, hatte er die Nase gerade in Höhe des rostigen Schnappverschlusses, der die beiden Fensterhälften in der Mitte zusammenhielt. Er bekam den Verschluss zu fassen und zog heftig daran. Der Verschluss zerbrach ihm in der Hand, aber wenigstens war nun das Fenster nicht mehr verschlossen. Cat warf die zerbrochenen Teile auf den Boden, packte das Schiebefenster mit beiden Händen und zog und rüttelte mit aller Kraft.

»Ich komm dir helfen«, sagte Tonino heiser. Dann kletterte er neben Cat auf den Tisch und atmete erst einmal tief durch. Den ganzen Weg quer durch den Raum hatte er den Atem angehalten. Dankbar machte Cat ihm Platz und dann zogen sie gemeinsam. Zu ihrer Freude begann die obere Hälfte zu vibrieren und ließ eine handbreite Öffnung über ihren Köpfen frei. Durch die Öffnung sahen sie das untere Ende eines Geländers, das mit dem Straßenpflaster auf einer Ebene lag. Hinter dem Geländer gingen Füße vorüber, Füße in altmodischen Schuhen mit hohen Absätzen und mit Schnallen verziert.

Das kam ihnen merkwürdig vor. Ebenso merkwürdig fanden sie es, dass ihnen ein Schwall frischer Luft ins Gesicht wehte, während gleichzeitig Wolken von Staub durch die Öffnung nach draußen zogen. Beiden kam die Idee, dass sie die obere Fensterhälfte nur ganz nach unten zu ziehen brauchten, um nach draußen zu klettern. Sie hängten sich mit ihrem ganzen Gewicht an das Fenster und zogen mit aller Kraft.

Doch sosehr sie sich auch anstrengten, das Fenster bewegte sich keinen Zoll mehr. Schließlich ließ Cat keuchend los, während Tonino mit der Faust an die untere Fensterscheibe hämmerte und sich mit lauter Stimme an die Vorübergehenden wandte.

»Hilfe! Hilfe! Man hat uns hier eingesperrt!«

Die Passanten gingen weiter.

»Die hören uns gar nicht«, sagte Cat. »Das muss an dem Zauberbann liegen.«

»Aber was *machen* wir nun?«, jammerte Tonino. »Ich bin so hungrig!«

Cat ging es genauso. Wenn er richtig schätzte, war es mittlerweile schon Zeit für den Fünfuhrtee. Er dachte an die Teestunde im Schloss mit belegten Broten und Gebäck mit Sahne. Moment! *Welches* Schloss eigentlich? Doch die Erinnerung war schon wieder vorüber und hinterließ nur das Bild von belegten Broten, bei denen man die harte Kruste abgeschnitten hatte, und Gebäck, das vor Konfitüre und Sahne überquoll. Cats Magen knurrte, ihm war nun genauso zum Jammern zu Mute wie Tonino. Doch er wusste auch, dass er vernünftig bleiben musste, weil er der Ältere war.

»Er hat gesagt, wir würden etwas zu essen bekommen, wenn wir den ganzen Keller entrümpelt und gefegt haben«, rief er Tonino in Erinnerung. »Wir sollten uns also wieder aufraffen und die Arbeit zu Ende bringen.«

Sie stiegen vom Tisch und machten sich wieder an die Arbeit. Diesmal versuchte Cat mit mehr Umsicht vorzugehen. Er achtete darauf, dass sie nur kurze Zeit und mit Pausen arbeiteten, und entdeckte außerdem zwei noch halbwegs brauchbare Stühle, auf denen sie sich ausruhen konnten, während der letzte Rest Staub durch die Fensteröffnung entwich. So arbeiteten sie sich langsam, aber stetig bis zum anderen Ende des Raumes vor. Als das Licht, das durch die schmutzige Fensterscheibe drang, bereits abendlich golden schimmerte, hatten sie schließlich die andere Wand erreicht.

Freuen konnten sie sich über diesen Anblick freilich nicht. Die Wand war von der Decke bis zum Fußboden mit einem schmutzstarrenden, mindestens eine Elle tiefen Vorhang aus Spinnweben drapiert, der sich leise und unheimlich in der vom Fenster kommenden Zugluft bewegte. Unter den Spinnweben erkannten sie einen weiteren zerkratzten Arbeitstisch, auf dem ein kleiner schwarzer Behälter stand.

»Was mag das sein?«, fragte Tonino.

»Ich seh mal nach. Wahrscheinlich nur Gerümpel«, vermutete Cat. Mit dem linken Arm griff er durch die klebrigen Spinnweben, erschauderte bei dem komischen Gefühl, bekam aber den schwarzen Behälter zu fassen.

In dem Augenblick, als er die Finger um den Gegenstand schloss, hatte er den Eindruck, etwas Bedeutendes in der Hand zu halten. Behutsam, um die Spinnweben so wenig wie möglich zu berühren, zog er ihn hervor. Es war eine alte Blechbüchse mit einem Deckel, in den man ungeschickt ein Loch geschlitzt hatte. »Nur eine Teebüchse«, sagte er enttäuscht. »Sieht aus, als ob jemand versucht hätte eine Sparbüchse daraus zu basteln.« Er schüttelte die Büchse. Drinnen klapperte es deutlich.

»Schauen wir mal, was drin ist«, sagte Tonino. »Vielleicht ist es wertvoll.«

Cat schaute sich den Deckel aus der Nähe an und beschmutzte sich dabei die Stirn mit schwarzem Spinnwebenstaub. Auf der Büchse hatte sich der Staub von Generationen abgelagert. Aber der Deckel ließ sich ohne großen Kraftaufwand öffnen und sprang mit einem lauten Knall auf. Drinnen waren ein paar weiße Bohnen, sieben an der Zahl.

Cat schüttete sie sich in die hohle Hand, um sicherzugehen: es waren tatsächlich Bohnen. Sie mussten schon sehr lange in der Büchse gelegen haben. Vier waren völlig vertrocknet und eine so alt, dass nur noch ein verschrumpeltes braunes Klümpchen übrig geblieben war. Von einem besonderen Wert konnte keine Rede sein.

»Bohnen!«, stellte Cat verächtlich fest.

»Ja, stimmt«, bestätigte Tonino, »aber denk an das Märchen von Hans und der Bohnenstange.«

Sie schauten sich an. Im Keller eines Zauberers war alles möglich. Beide stellten sich hoch aufschießende Bohnenpflanzen vor, die durch die Decke und dann durch das Dach des Hauses wuchsen. Beide kletterten an einer Pflanze empor und entkamen auf diese Weise der Macht des Meisters. Noch während sie sich anschauten, hörten sie, wie der Türriegel quietschte.

Hastig steckte Cat die Bohnen in seine Hosentasche und drückte den Deckel wieder auf die Büchse, während Tonino seinen Besen zur Hand nahm. Tonino wartete, bis Cat die Teebüchse wieder auf ihren Platz an der staubfreien Stelle auf dem Arbeitstisch gestellt hatte, dann fuhr er mit dem Besen die Wand hinauf und begann Schwaden von Staub und Spinnweben herunterzureißen. Die Tür flog auf und der Meister stürmte die Treppe hinunter. »Halt!«, schrie er, »hör sofort auf, du Bengel! Siehst du denn nicht, dass du es mit einem Zauber zu tun hast?« Mit erhobener Faust lief er auf Tonino zu.

Tonino ließ den Besen fallen und duckte sich. Cat, der sich nicht sicher war, ob der Meister auf Tonino einschlagen oder ihn mit einem Bann belegen wollte, stellte sich zwischen beide. »Sie haben kein Recht, ihn zu schlagen«, sagte er. »Sie haben uns befohlen den Keller sauber zu machen.«

Einen Augenblick stand der Meister wutschäumend vor den beiden Jungen. Cat roch den schlechten Atem des alten Mannes und den Schimmelgeruch, der dem speckigen Gehrock entströmte. Er blickte in die drohenden Augen über ihm und in das fratzenhafte haarige Gesicht, und dabei bekam er nicht nur Angst, sondern ihm wurde zusätzlich noch übel.

»Und Sie haben versprochen, uns zu essen zu geben, wenn wir damit fertig sind«, schloss er noch an.

Der Meister ging nicht darauf ein, zügelte aber seinen Zorn etwas. »Dank diesem Zauber«, sagte er, aber wieder so, als ob er mit sich selbst redete, »habe ich zahllose Jahre über meine natürliche Lebenszeit hinaus leben können. Dieser Zauber wird die Welt verändern, ja, mit ihm werde ich die Welt *besitzen*. Und da kommt so ein frecher Bengel und zerstört ihn um ein Haar mit seinem Besen!«

»Ich wusste doch nicht, dass es sich um einen Zauber handelt«, beteuerte Tonino. »Wozu soll er denn gut sein?«

Der Meister lachte – auf seine besondere Art, mit geschlossenen Lippen, als ob er Geheimnisse zu verbergen hätte. »Was er soll?«, antwortete er. »Er soll einem Zauberer *zehn* Leben geben, womit dieser mächtiger wäre als alle eure Chrestomancis. Und er *wird* es auch tun, sofern ihr beiden mir nicht wieder dazwischenfunkt. Keiner *rührt* mir das noch einmal an!«

Er ging um sie herum und stellte sich gestikulierend vor die Wand, fast so als ob er etwas flechten oder zusammenzwirbeln wollte. Die Schwaden staubiger Spinnweben, die Tonino heruntergerissen hatte, bauschten sich zusammen und schwebten wieder nach oben. Der Meister strich mit den Händen hierhin und dorthin und die Spinnweben folgten seinen Bewegungen, wurden dicker und hefteten sich schließlich an die Decke. Cat glaubte Scharen winziger Wesen zwischen den Schwaden wuseln zu sehen. Offenbar besserten sie den Zauber an den Stellen aus, wo der Meister es wünschte. Cat wollte das nicht länger mit ansehen, aber Tonino konnte seinen Blick nicht davon lösen.

»So«, sagte der Meister abschließend, »und dass mir keiner der Wand zu nahe kommt!« Er wollte schon wieder gehen.

»Warten Sie noch«, rief Cat. »Sie haben uns etwas zu essen versprochen. Wir haben den Keller sauber gemacht.«

»Ich gebe euch etwas zu essen«, sagte der Meister, »wenn ihr mir sagt, wer von euch Eric ist.«

Wie schon vorher konnte keiner von beiden mit dem Namen etwas verbinden. Aber beide waren so hungrig, dass Cat sogleich auf Tonino zeigte und Tonino fast im selben Augenblick auf Cat.

»Er ist es«, sagten sie gleichzeitig.

»Ich merke schon, ihr wisst es nicht«, bellte der Meister. Er wandte sich ab und eilte unter Gemurmel davon. Das Gemurmel wurde verständlicher, als er die Treppe hinaufstapfte. Er glaubte offenbar, dass sie ihn nicht hören konnten. »Ich weiß nicht, wer von euch Eric ist. Aber dann muss ich eben euch beiden an den Kragen, und dem einen mehr als ein Mal.«

Dann fiel die Tür krachend zu und Cat und Tonino standen da und sahen sich nun wirklich zu Tode erschrocken an. »Versuchen wir noch mal, das Fenster zu öffnen«, sagte Cat.

Doch das Fenster bewegte sich nicht ein kleines bisschen. Cat stand auf dem Tisch und fuchtelte gerade mit dem Besenstiel durch die Luft, um auf diese Weise vielleicht den Zauber zu brechen, als die Tür erneut mit einem Knarren aufging. Er sprang eilig auf den Boden und hielt den Besen wie eine Waffe.

Der Meister kam mit einer brennenden Lampe durch die Tür und stellte sie auf der obersten Stufe ab. Die Jungen freuten sich über das Licht, denn mittlerweile war es im Keller schon recht dunkel. Sie sahen, wie der Meister sich umdrehte und ein Tablett auf die Stufe neben die Lampe stellte. »Das ist euer Abendessen«, verkündete er. »Und jetzt hört zu, was ihr als Nächstes tun sollt. Ich möchte, dass ihr den Zauber an der gegenüberliegenden Wand beobachtet. Lasst ihn nicht aus den Augen. Sobald euch irgendeine Veränderung auffällt, klopft ihr an die Tür und sagt es mir. Wenn ihr das macht, bekommt jeder von euch zur Belohnung einen Rosinenkuchen.«

Die aufgesetzte Freundlichkeit, die der Meister jetzt an den Tag legte, erfüllte beide Jungen mit Unbehagen. Cat stupste Tonino an, der sofort herauszufinden versuchte, was diese neue Freundlichkeit zu bedeuten hatte. »Was, glauben Sie denn, wird mit dem Zauber passieren?«, fragte er mit Unschuldsmiene.

»Damit wir wissen, worauf wir achten sollen«, kam ihm Cat zu Hilfe.

Der Meister zögerte mit der Antwort, offensichtlich überlegte er, was er ihnen sagen sollte. »Ihr werdet eine Veränderung bemerken«, sagte er. »Eine Veränderung zwischen den Spinnweben. Das mag befremdlich aussehen, aber ihr braucht keine Angst zu haben. Es ist nur die Seele eines Zauberers, der gerade auf seinem Totenbett liegt. Seine Seele wird sich dann umgehend in eine harmlose Bohne verwandeln. Achtet darauf, ob die Bohne auch wirklich in den Behälter gefallen ist, dann kommt und meldet es mir. Jeder von euch bekommt dann einen Rosinenkuchen. Ihr seid doch brave Jungs, nicht wahr?«

»Oh ja«, versicherten beide.

»Schön.« Der Meister verzog sich durch die Tür und schloss sie hinter sich.

Cat und Tonino gingen langsam die Treppe hinauf, um nachzusehen, was auf dem Tablett stand. Das Abendessen bestand aus einem Krug Wasser, einem kleinen Laib altbackenem Brot und einem Stück schwitzendem Käse, der wie ein Stück Seife aussah, mit dem sich gerade jemand gewaschen hatte.

»Glaubst du, dass das Essen vergiftet ist?«, flüsterte Tonino.

Cat überlegte. In gewisser Hinsicht war es ein Triumph für sie, den Meister dazu gebracht zu haben, ihnen etwas zu essen zu bringen, aber andererseits war es offensichtlich, dass dieser kein anständiges Essen für zwei Jungen verschwendete, die er sowieso umbringen wollte. Das Essen hier sollte sie nur beschwichtigen. »Nein«, sagte Cat schließlich. »Denn in diesem Fall hätte er uns etwas Besseres aufgetischt. Ich wette, die Rosinenkuchen werden vergiftet sein.«

Das dachte Tonino offenbar auch. Sie trugen die Lampe und das Tablett hinunter und stellten beides auf einen Tisch in der Mitte des Kellers. »Er behauptete«, bemerkte Tonino, »über seine normale Lebenszeit hinaus gelebt zu haben. Glaubst du, er kann das, indem er Jungen – seine Gehilfen – tötet?«

Cat schleppte die beiden am wenigsten wackligen Stühle herbei und stellte sie neben den Tisch. »Ich weiß nicht«, sagte er. »Vielleicht schon. Wenn der Geist dieses Zauberers hier ankommt, sollten wir ihn um Hilfe bitten.«

»Gute Idee«, pflichtete Tonino bei. Dann fügte er zweifelnd hinzu: »Wenn er helfen kann.«

»Selbstverständlich kann er das«, beruhigte ihn Cat. »Auch als Geist ist er immer noch ein Zauberer.«

Sie brachen das harte Brot in zwei Teile und begannen auf dem gummiartigen Käse herumzukauen. Mit den Brotkanten schöpften sie abwechselnd Wasser aus dem Krug. Das Wasser schmeckte abgestanden und modrig. Cat bekam sofort Bauchweh. Wenn nun seine Überlegung falsch gewesen und schon dieses schäbige Abendessen vergiftet war? Andererseits konnten das Brot und der Käse auch einfach nur unbekömmlich sein. Möglicherweise schlug ihm auch der bloße Gedanke an Gift auf den Magen.

Er betrachtete Tonino aufmerksam, ob sich an ihm Anzeichen für eine Vergiftung zeigten. Doch Tonino schien vollstes Vertrauen in Cats Worte zu haben. Im Schein der Lampe glänzten seine Augen beim Essen und auch seine eingefallenen Wangen bekamen wieder Farbe. Mit den Zähnen kratzte er den letzten Rest Käse von der Rinde. Cat kam zu dem Schluss, dass das Essen nicht vergiftet war. Daraufhin ließ das Bauchweh spürbar nach.

»Ich habe immer noch Hunger«, gestand Tonino, als er die abgenagte Rinde weglegte. »Ich bin so hungrig, dass ich sogar diese trockenen Bohnen essen könnte.«

Cat erinnerte sich, die Bohnen in die Tasche gesteckt zu haben, als der Meister in den Keller gestürmt kam. Er holte sie hervor und legte alle sieben unter die Lampe. Überrascht stellte er fest, dass sie glänzender und dicker geworden waren. Vier von ihnen hatten überhaupt keine Runzeln mehr. Sogar die älteste und ganz verschrumpelte sah jetzt aus wie eine Bohne und nicht mehr wie ein eingetrockneter brauner Klumpen. Im Lampenschein glänzten sie in einem rötlichen Schimmer. »Ich frage mich«, sagte er und schob sie mit einem Finger hin und her, »ob das alles Zauberer sind.«

»Bestimmt«, sagte Tonino, den Blick auf die Bohnen geheftet. »Er sagte doch, dass er aus sich einen Zauberer mit zehn Leben machen wolle. Das hier könnten sieben Leben sein, dazu ein achtes, das unterwegs ist. Aber woher bekommt er die zwei noch fehlenden Leben?«

Von uns, dachte Cat. Er hoffte, Tonino würde nicht derselbe Gedanke kommen.

Doch im gleichen Augenblick begann die jüngste und glänzendste Bohne plötzlich zu hüpfen und sich zu drehen. Tonino vergaß, worüber sie geredet hatten, und betrachtete fasziniert das Schauspiel. »Die hier lebt jedenfalls! Ob die anderen auch leben?«

Offenbar schon. Eine nach der anderen regten sich die Bohnen und hüpften umher. Am Ende waren alle in Bewegung, sogar die älteste, wenngleich sie sich nur hin- und herwiegen konnte. Die jüngste hüpfte so kraftvoll, dass sie beinahe vom Tisch gesprungen wäre. Cat fing sie ein und legte sie wieder zu den anderen zurück. »Ich frage mich, ob sie auch wachsen werden«, sagte er laut.

»Kletterbohnen«, begeisterte sich Tonino, »ach bitte, tut das doch!«

Auf sein Wort hin spaltete sich die jüngste Bohne der Länge nach auf und zeigte ein blassgrünliches Inneres, in dem sich Leben regte. Allerdings sah es weniger wie eine keimende Bohne, sondern eher wie eine Larve aus, die ihre Flügel entfaltete.

Einen Augenblick lang sahen die Jungen, wie sich die Haut der beiden gefleckten rötlichen Hälften wie Schwingen spreizte, dann schien sie mit dem Rest zu verschmelzen. Was dabei herauskam, war ein blasses, grünliches immer noch wachsendes Etwas. Das Etwas dehnte sich in mehreren Punkten sehr rasch der Länge und Breite nach aus, bis es einem Maulbeerfeigenblatt aus grünlichem Licht sehr ähnlich sah. Es hatte zarte Äderchen und pulsierte leicht.

Unterdessen spalteten und spreizten sich fünf weitere Bohnen auf. Jede zeigte Äderchen und entwickelte unterschiedliche Formen, die Cat als Efeu-, Feigen-, Wein- und Platanenblatt erkannte. Sogar die älteste Bohne versuchte sich zu spalten. Verschrumpelt und hart wie sie war, hatte sie solche Mühe, dass Tonino mit den Zeigefingern auf je eine Hälfte drückte und ihr damit beim Aufbrechen half. »Oh, ihr Zauberer, helft uns bitte!«, rief er, als die Bohne in eine kleinere, verkümmerte Gestalt zerbrach.

Ein Elsbeerblatt, dachte Cat und wunderte sich ein bisschen, woher er plötzlich so viel über Bäume wusste. Er blickte traurig auf den Wust zerbrechlicher, zitternder, grünlicher Gebilde, die sich am Fuß der Lampe aneinander drückten, und begriff, dass Toninos Zweifel berechtigt waren. Die grünen Gebilde mochten ja früher Zauberer gewesen sein – das hatte Tonino richtig erraten –, aber Geister waren sie nicht. Jetzt taumelten sie nur als hilflose Schemen umher. Es war so, als ob man sich gerade entpuppte Schmetterlinge um Hilfe bitten wollte.

»Ich glaube nicht, dass sie uns helfen *können*«, sagte er. »Sie wissen ja nicht einmal, was mit ihnen geschehen ist.«

Tonino seufzte. »Sie sehen schrecklich aus«, meinte er. »Aber andererseits wirken sie auch neu. Wir werden ihnen helfen sich vor dem Meister zu verstecken.«

Er versuchte das alte, verkümmerte Blatt einzufangen, doch es glitt scheu von seinen Fingern und flatterte davon. Das wiederum alarmierte die anderen. Zitternd und flatternd stoben sie alle zusammen davon und brachten sich hinter der Blechbüchse in Sicherheit.

»Lass sie! Du erschreckst sie nur!«, rief Cat. Bei diesen Worten hörte er hinter sich ein schlurfendes Geräusch. Er und Tonino drehten sich augenblicklich um.

Ihr Blick fiel auf eine weitere blattähnliche Gestalt, diesmal eine große, die sich in den klebrigen Spinnwebschwaden verheddert hatte und sich nun zu befreien versuchte. Sie kämpfte sogar noch verzweifelter als das kümmerliche Blatt, das Toninos Griff entflohen war, doch mit jedem Flügelschlag geriet sie nur noch tiefer in das Gewirr der Spinnweben und sank weiter dem schwarzen Behälter entgegen.

»Das ist ein toter Zauberer!«, sagte Tonino. »Schnell! Hilf ihm!«

Cat stand langsam auf. Das Wesen machte ihm eher Angst. Es erinnerte ihn an einen Vogel, der aus Versehen ins Schlafzimmer geflogen war und nun panisch mit den Flügeln schlug. Als er aber sah, wie sich das Wesen plötzlich in eine Bohne verwandelte und dem schwarzen Behälter entgegensank, da spurtete er zum anderen Ende des Kellers und stieß mit seinen Händen aufgeregt durch die staubigen Schleier der Spinnweben. Er kam gerade noch rechtzeitig, um es mit der Kante seiner linken Hand wegzustoßen. Die Bohne prallte seitlich gegen die Blechbüchse und fiel von dort auf den Fußboden. Cat hob sie auf. Kaum war sie in seiner Hand, da brach sie auf und wuchs zu einer größeren, glänzenderen und schärfer konturierten Gestalt als alle anderen. Cat trug das schwirrende Wesen zwischen seinen Händen und setzte es vorsichtig zu den anderen. Zusammen bildeten sie eine vibrierende, im Lampenschein schimmernde Gruppe. Wie ein Schwarm Heringe, dachte Cat.

»Er kommt!«, keuchte Tonino. »Schnell, sie müssen sich verstecken!«

Cat hörte oben die Tür knarren. Händeklatschend drehte er sich zu den blattähnlichen Gebilden. »Husch«, flüsterte er, »versteckt euch irgendwo!« Alle Blattseelen zuckten vor seinen Händen zurück, blieben aber schreckgelähmt hinter der Blechbüchse versammelt.

»Oh, jetzt flieht doch!«, flehte Tonino sie an, als der Meister mit schnellem Schritt die Treppe herunterkam. Doch sie rührten sich nicht vom Fleck.

»Was treibt ihr hier eigentlich?«, fragte der Meister und ging geradewegs auf die Wand mit den Spinnweben zu. »Nach meiner Sternkarte ist Gabriel de Witt vor knapp zwanzig Minuten gestorben. Seine

Seele müsste mittlerweile hier angekommen sein. Warum habt ihr nicht an die Tür geklopft? Seid ihr so sehr damit beschäftigt, euch voll zu stopfen, dass ihr nichts gemerkt habt? Na?«

Ohne sie eines Blickes zu würdigen, stürmte er an Lampe und Tisch vorbei. Alle Blattseelen zuckten vor dem Lufthauch des vorbeirauschenden Meisters zurück. Zu Cats großer Erleichterung hob das größte Blattwesen, wie um ein Zeichen zu geben, eine Schwinge, glitt leise über die Tischkante und verschwand im Dunkel darunter. Die anderen drehten sich und folgten dem Anführer wie ein Schwarm Plattfische nach, mit dem ältesten und verkümmertsten an letzter Stelle. Cat und Tonino beobachteten aus den Augenwinkeln, ob sich die Blattseelen auch wirklich versteckt hatten, dann schauten sie rasch wieder zum Meister hinüber. Der zerriss Spinnweben, um an die schwarze Blechbüchse zu gelangen.

Er ergriff die Büchse, schüttelte sie und drehte sich, die Büchse an die Brust gepresst, mit so fassungslos verzweifelter Miene zu den Jungen um, dass Cat beinahe Mitleid mit ihm hatte. »Sie ist leer!«, sagte er. Das Gesicht, das er dazu machte, hätte dem traurigsten Affen im trostlosesten Zoo der Welt gehören können. »Leer!«, wiederholte er fassungslos. »Alle weg – die komplette Sammlung ist weg! Die Seelen von sieben Zauberern mit neun Leben sind verschwunden und die Seele des zehnten ist auch nicht hier. Die Arbeit eines ganzen Lebens. Was ist da schief gegangen?« Noch während er sich das fragte, verfinsterte sich seine Miene voller Zorn und Misstrauen. »Was habt ihr Bengel da angestellt?«

Cat hatte gedacht, schreckliche Angst zu bekommen, wenn Spinnenbein dahinter käme, was die Jungen verbrochen hatten. Doch verwundert stellte er fest, dass er im Augenblick weniger Angst als Anspannung fühlte und sonst ganz kühl blieb. Für ihn war es eine große Hilfe, Tonino ruhig und gelassen zu sehen. »Sie sind rausgekommen«, sagte Cat.

»Sie haben zu keimen begonnen«, berichtete Tonino. »Das sind Bohnen und Bohnen keimen bekanntlich. Warum sind Sie darüber so entsetzt? Wollten Sie sie etwa essen?«

»Selbstverständlich!«, fauchte der Meister. »Schließlich habe ich über zweihundert Jahre lang die Seelen verstorbener Chrestomancis eingefangen, ihr dummen Jungen! Hätte ich neun zusammen und würde sie mir einverleiben, wäre ich der mächtigste Zauberer aller Zeiten. Doch ihr habt sie entwischen lassen!«

»Aber es waren doch nur acht«, stellte Tonino fest.

Meister Spinnenbein drückte die Blechbüchse an sich und verzog den Mund zu einem breiten Grinsen. »Nein«, widersprach er. »Neun. Denn einer von euch beiden hat meine neunte Seele – und die übrigen acht kommen hier nicht raus.« Und dann schrie er plötzlich: *»Wo sind sie hin?«*

Cat und Tonino zuckten zusammen und setzten eine Unschuldsmiene auf. Doch der Schrei hatte die toten Seelen unter dem Tisch aufgeschreckt. Eine Seele mittlerer Größe mit dem Aussehen eines Feigenblattes wagte einen Ausbruch und flog zwischen den zerbrochenen Beinen von Cats Stuhl hindurch in Richtung der offenen Kellertür. Die anderen folgten ihr gleich darauf als leuchtende Kette, so als könnten sie es nicht ertragen, allein zurückzubleiben.

»Aha!«, rief der Meister. Er ließ die Büchse fallen, raste mit unglaublicher Geschwindigkeit durch den Raum, sprang die Treppe hinauf und kam gerade noch rechtzeitig, um den fliehenden Seelen den Weg zu verstellen. Über ihm schlug die Tür knallend zu. Die Kette der Blattseelen kam auf der Höhe der ersten Treppenstufen zum Halten, wo sie einen Augenblick zitternd in der Luft hingen, um dann seitwärts davonzufliegen, mit der großen neuen Seele an der Spitze und der kleinsten, ältesten, die verzweifelt die Flügel schlug, als Schlusslicht.

Daraufhin sprang Spinnenbein wieder die Treppen hinunter und griff sich ein Schmetterlingsnetz aus dem Gerümpelhaufen. »Ihr seid ja ziemlich munter«, murmelte er. »Aber nicht mehr lange!« Zwei weitere Schmetterlingsnetze kamen aus dem Gerümpel zum Vorschein und fuhren wie von selbst in Cats und Toninos Hand. »Ihr habt sie entwischen lassen«, sagte er, »also helft ihr mir jetzt sie wieder einzufangen.« Und damit lief er, sein Netz seitlich haltend, der Kette der flatternden Seelen hinterher.

Cat und Tonino liefen los und taten so, als ob sie

die Flüchtigen ebenfalls jagten. In Wirklichkeit kamen sie Spinnenbein nur ständig in die Quere. Tonino lief sein Netz schwingend ständig hin und her und rief »Ich hab euch!« und im nächsten Augenblick »Mist, wieder daneben!«. Das machte er ständig und vor allem dann, wenn die Kette der Blattseelen überhaupt nicht in der Nähe war. Cat eilte an die Seite des Meisters und sprang jedes Mal, wenn der Wüterich einen Ausfall mit dem Netz machte, in die gleiche Richtung und stieß entweder gegen des Meisters Ellbogen oder kreuzte dessen Netz mit seinem Netz, so dass der Fänger die Flüchtigen verfehlte.

Spinnenbein verwünschte Cat, war aber zu sehr damit beschäftigt, die Seelen einzufangen, als ihn zu bestrafen. Wie die Spieler eines wilden Hockeyspiels liefen sie durch den Keller, Tonino in der Mitte, und warfen mit zerbrochenen Möbelstücken um sich, während die Kette der verzweifelten Blattseelen in Hüfthöhe durch den Raum düste, immer wieder einen Schlenker machte, um den Spinnweben auszuweichen, und an der Wand mit dem hoch gelegenen Fenster vorbeistrich.

Das Fenster! Das Fenster ist auf!, dachte Cat, als er neben Spinnenbein durch den Keller jagte. Doch die Blattseelen waren zu verängstigt, um das Fenster überhaupt zu bemerken, und flogen stattdessen wieder in Richtung Treppe. Dort hatte die efeuähnliche Seele wohl die Idee, die Tür könnte noch offen sein, und versuchte über die Treppe zu entwischen. Die anderen hielten inne und wirbelten auf der Stelle, ehe sie ihr nachfolgten.

Als Meister Spinnenbein das sah, rief er wieder »Aha!« und setzte ihnen mit dem Schmetterlingsnetz nach. Cat und Tonino mussten ein paar akrobatische Sprünge auf der Treppe machen, sonst wäre der ganze Schwarm Spinnenbein ins Netz gegangen.

Jetzt trennt euch doch, närrisches Volk!, dachte Cat. *Warum fliegt ihr nicht jeder in eine andere Richtung?*

Doch dazu konnten sich die verängstigten Seelen offenbar nicht entschließen. Cat hatte den Eindruck, sie fürchteten, allein verloren zu sein. So drängten sie sich in einer Ecke des Kellers zusammen und begannen wieder knapp unter der Decke im Kreis zu fliegen. Meister Spinnenbein jagte ihnen mit erhobenem Netz nach, unmittelbar gefolgt von Cat. Die Ereignisse spitzten sich dramatisch zu, als die älteste Seele den Spinnweben zu nahe kam und sich in ihnen verhedderte. Wieder hielten die anderen Seelen an und warteten. Cat kam gerade noch rechtzeitig. Die Schmetterlingsnetze stießen aneinander, als Cat in die Spinnweben stolperte und einen großen Spalt hineinriss, durch den die gefangene Seele fliehen konnte.

Als die alte Seele den anderen nachflog, galoppierte Tonino durch den Raum und drängte sich hinter den Tisch, auf den Cat gestiegen war, um das Fenster zu öffnen. Der Tisch fiel krachend um. Die Kette der Blattseelen hatte schon wieder an Fahrt gewonnen, aber der Knall ließ sie vor Schreck erstarren. Tonino stand mit dem Netz winkend neben dem Fenster und versuchte ihnen ein Zeichen zu geben.

Die Seelen verstanden schließlich – zumindest die jüngste unter ihnen, die früher einmal Gabriel de Witt gewesen war. In elegantem Bogen flog sie zum Fenster hinauf und segelte durch die Öffnung. Die anderen folgten ihrem Beispiel und verschwanden ebenfalls, eine grünlich leuchtende Kette, in der Dunkelheit, so als ob sie die Nacht eingesogen hätte.

Gott sei Dank!, dachte Cat, der sich erschöpft auf sein Schmetterlingsnetz stützte. Jetzt braucht er uns auch nicht mehr umzubringen.

Meister Spinnenbein brüllte vor Wut. »Ihr habt das Fenster aufgemacht und meinen Zauberbann gebrochen!« Dann schleuderte er etwas gegen Cat und Tonino. Etwas Klebriges schien sich über Cat zu legen. Cat erinnerte sich eine Schrecksekunde lang, dass es sich ähnlich anfühlte, wie mit der Hand durch Spinnweben zu greifen, als Spinnenbein an ihm vorbei die Treppe hinaufstürmte. Den beiden Jungen blieb keine andere Wahl als ihm nachzusetzen, obwohl sie atemlos und verschmutzt waren.

»Von jetzt an lasse ich euch nicht mehr aus den Augen!«, keuchte Meister Spinnenbein, während sie durch den Saal über dem Kellergeschoss liefen. Tonino konnte das Tempo nicht mithalten und wäre beinahe hingefallen, als sie die Diele erreichten. Cat half ihm hoch, Spinnenbein riss die Eingangstür auf und dann stürmten alle drei auf die Straße. Draußen war es stockdunkel. Hinter den Fenstern der Häuser waren die Vorhänge zugezogen, und Straßenlaternen gab es nirgends. Meister Spinnenbein hielt keuchend inne und blickte wild schnaubend um sich. Einen Augenblick lang hoffte Cat, den Seelen sei die Flucht gelungen oder sie hätten wenigstens so viel Verstand, sich zu verstecken.

Doch daran fehlte es ihnen nach wie vor. Sie hatten keine Gehirne, mit denen sie hätten denken können, musste Cat betrübt feststellen. Zu einer Traube zusammengedrängt, hingen sie am Ende der Straße weithin sichtbar leuchtend in der Luft und schienen zu beratschlagen, was nun zu tun sei.

»Da!«, rief der Meister triumphierend. Er stürzte die Straße hinunter und hätte die Jungen fast umgerissen.

»Fliegt doch weg! Bringt euch in Sicherheit!«, rief Tonino, während sie Meister Spinnenbein nacheilten.

Die Seelen sahen die drei erst im letzten Augenblick – oder hatten sich vielleicht trotz ihrer Hirnlosigkeit zur Flucht entschlossen. Auf jeden Fall erhoben sie sich, als Spinnenbein mit seinem Schmetterlingsnetz nach ihnen ausholte, und schwirrten, mit Gabriel de Witts Seele als Anführer, über das Dach des Eckhauses.

Meister Spinnenbein brüllte erneut, diesmal vor Ohnmacht, und erhob sich ebenfalls in die Lüfte. Cat und Tonino wurden baumelnd von ihm mitgezogen.

Ehe sie sich versahen, sausten sie in einem Höllentempo über Dächer und Schornsteine dahin.

Nachdem die Jungen auf gleicher Höhe waren und obendrein entdeckt hatten, dass sie ihre Schmetterlingsnetze als Steuerruder benutzen konnten, wurden sie sogar noch schneller. Der Fahrtwind drang ihnen in die Augen und fuhr ihnen durch die Haare. Vor ihnen floh der Schwarm der grün leuchtenden Seelen über verwilderte Felder, auf denen Esel grasten, und über dunkle Wälder. Ein großer Halbmond, in dessen Schein die Seelen noch stärker leuchteten, lag in seinem Wolkenbett.

»Schneller!«, bellte Meister Spinnenbein, während sie über die Wälder glitten.

»Fliegt so schnell, wie er fliegt!«, hörte Cat Tonino flüstern.

Und genauso kam es auch. Meister Spinnenbein schrie mehrmals »Schneller!«: ein erstes Mal, als der Mond am Himmel verschwand und plötzlich Tausende Dächer unter ihnen auftauchten, ein weiteres Mal, als es zu regnen begann, und dann noch einmal, als der Vollmond auf einen Park unter ihnen schien. Die nächtliche Landschaft wechselte wieder, aber der kleine Schwarm der grünlich leuchtenden Seelen flog in gleich bleibendem Abstand vor ihnen her.

»Zum Teufel!«, keuchte Meister Spinnenbein. »Sie reisen in die Zukunft. Wir sind schon um hundertfünfzig Jahre vorgerückt. Ihr Jungen, gebt mir eure Kraft, ich befehle es euch!«

Cat spürte, wie ihn ein Teil seiner Kraft durch die unsichtbaren Spinnweben verließ, die ihn an Meister Spinnenbein banden. Das Gefühl war zwar unangenehm, doch andererseits löste sich auch die Benommenheit in seinem Kopf. Während sie weitersausten, kamen Cat vage Erinnerungen an Gesichter und Orte wieder: ein Schloss, ein gut aussehender dunkelhaariger Herr, der irgendeine sarkastische Bemerkung machte, eine Dame in langen Spitzenhandschuhen, ein greiser Mann auf seinem Krankenlager. Im Zimmer des greisen Mannes hatte derselbe Geruch nach Schimmel und Krankheit gehangen, der jetzt von dem vor ihnen fliegenden Meister ausströmte. Doch Cat gelang es nicht, eine Verbindung zwischen den Erinnerungen herzustellen. Hingegen entging ihm nicht, dass sich die Schornsteine unter ihnen in langen Reihen entlang der Felder immer weiter in die Landschaft ausbreiteten. Auch hörte er Tonino flüstern: »Fliegt genauso schnell wie wir!«, und das immer wieder.

»Benutzt du seinen Zauber?«, fragte Cat flüsternd.

»Ja, so scheint es«, sagte Tonino, »offenbar erinnere ich mich so etwas früher gemacht zu haben.«

Auch Cat fiel nun wieder ein, dass Tonino diese Gabe besaß, doch ehe er sich über diese Erinnerung klar wurde, änderte die Landschaft erneut ihr Aussehen. Von unten leuchteten jetzt Gaslaternen herauf, Bäume säumten die breiten Straßen, und Gärten umgaben die einzeln stehenden Häuser. Der Schwarm der grünlich leuchtenden Seelen vor ihnen raste jetzt über einen Dorfanger und überflog die schimmernden Gleise einer Eisenbahnlinie.

»Die Gegend *kenne* ich doch!«, sagte Cat. »Ich glaube, wir waren heute Morgen hier.«

Fast im gleichen Augenblick murrte Meister Spinnenbein unwirsch: »Ich dachte, er wollte sie zu sich nach Hause mitnehmen, aber wir sind schon darüber hinaus. Wohin wollen sie denn nun?«

Vor ihnen glitten die Seelen über einige hohe Bäume und tauchten dann zu einem großen Gebäude mit einer Reihe erleuchteter Fenster hinab. Immer noch grummelnd und vor Anstrengung stöhnend, hievte Spinnenbein sich selbst und die beiden Jungen über die Baumwipfel und jagte den Seelen nach.

Sie kamen gerade noch rechtzeitig, um die leuchtende Kette der Seelen unter Führung der größten durch die riesige offene Eingangstür in der Mitte des Gebäudes segeln zu sehen. Bei diesem Anblick schrie Meister Spinnenbein vor Wut auf und riss die Jungen in einen solch rasanten Sturzflug, dass Cat die Augen schließen musste. Sie flogen schneller als der freie Fall.

Sie landeten mit einem heftigen Knall auf dem weichen Rasen. Tonino und Cat kamen rasch wieder auf die Beine, doch Meister Spinnenbein war außer Atem und taumelte, nach Luft ringend, umher. Er sah so ausgemergelt, krumm und hohlwangig aus, dass man ihn fast für einen echten Affen halten konnte. Sie sahen deutlich, wie er sich unter einer großen Lampe vor dem Eingang auf sein Schmetterlingsnetz stützte und mühsam atmete. Im Schein der Lampe war auch die in Stein gemeißelte Inschrift über der Tür zu lesen: HEILIG-HERZ-SPITAL.

»Ein Spital!«, keuchte Meister Spinnenbein. »Warum wollten sie gerade hierher? Steht nicht rum und glotzt blöde, ihr Hohlköpfe! Wir müssen sie fangen!« Das Schmetterlingsnetz als Krückstock benutzend, setzte er sich wieder in Bewegung.

»*Warum*«, so hörten sie ihn murmeln, »werde ich immer so alt, wenn ich in die Zukunft komme? Mir nach, ihr verflixten Bengel!«

Er schleppte sie durch den Eingang in einen langen Korridor, wie man ihn nur in Krankenhäusern findet: blassgrün getüncht, hell erleuchtet und so stark nach Desinfektionsmittel riechend, dass sogar Spinnenbeins Geruch darin unterging. Cat und Tonino merkten erst jetzt, wie schmutzig sie waren, und versuchten sich zurückfallen zu lassen. Doch am Ende des Korridors neben einem Treppenaufgang schwebte die kleine Schar der Seelen fast gelb leuchtend im hellen Deckenlicht und schien wieder unschlüssig, was als Nächstes zu tun war. Der Anblick spornte Meister Spinnenbein offenbar dazu an, sein Letztes zu geben. Mit dem Schmetterlingsnetz in der Hand spurtete er los und zog die Jungen hinter sich her.

Sie hatten den Korridor schon zur Hälfte durchlaufen, als eine Nonne mit einer Nierenschale aus einer

Tür trat. Sie trug eine ausladende Haube mit großen gestärkten Enden, die ihr das Aussehen eines Schiffs unter vollen Segeln gab.

Keine Kopfbedeckung, die es einem leicht machte, schnell auszuweichen, dachte Cat. Doch sie wich geschickt aus, als Meister Spinnenbein wie ein wild gewordener Affe den Korridor entlangstürmte, die beiden Jungen an seinen fliegenden Rockschößen. Die gestärkte Haube vibrierte aufgeregt, als sich die Nonne mit der Nierenschale in der Hand in den Türrahmen drückte und den Vorübereilenden nachstarrte.

Als die Seelen ihre Verfolger kommen sahen, hechtete die führende Seele den Treppenaufgang hinauf und alle anderen folgten ihr entlang der gemalten grünen Linie an der Wand. Meister Spinnenbein hüpfte auf einem Fuß, um abzubremsen, drehte sich und stampfte die Treppenstufen hinauf. Cat und Tonino blieb nichts anderes übrig, als es ihm nachzumachen.

Oben angelangt, kam eine andere Nonne durch eine Schwingtür. Sie hatte die beiden Türflügel mit dem Rücken aufgestoßen, da sie ein Tablett mit Flaschen darauf in den Händen hielt. Die Seelen umsteuerten elegant die ausladende Haube und flogen weiter. Die Nonne sah sie gar nicht, wohl aber Meister Spinnenbein, der mit schiefem Grinsen auf sie zueilte, hinter ihm die beiden schmutzigen, mit Spinnweben behangenen Jungen. Sie ließ das Tablett fallen und schrie auf.

Der Meister drückte sie beiseite und lief in die

Krankenstation hinein, die beiden Jungen folgten ihm nach.

Sie befanden sich in einem dämmrigen Saal, in dem rechts und links Reihen von Betten standen. Die Seelen schwebten ungefähr in der Mitte des Saales und drängten sich dort zusammen. Doch ruhig war es nicht. Cat glaubte zuerst, in ein Krähennest geraten zu sein, denn die Luft war von einem merkwürdigen Krächzen erfüllt.

Dann merkte er, dass das Krächzen aus kleinen weißen Wiegen kam, die am Fußende der Betten standen. In den Betten selber lagen Frauen, die alle einen erschöpften Eindruck machten, und zu ihren Füßen in den Wiegen ihre neugeborenen Babys –, in der Wiege gleich neben Cat lagen sogar zwei – alle mit geröteten, zerknitterten Gesichtern. Die Babys waren für das Krächzen verantwortlich, das immer lauter wurde, je mehr Babys vom Schrei der Nonne, dem Krach der herunterfallenden Flaschen und Spinnenbeins Wutgeschrei aufgeweckt wurden.

»Wir sind in einer Säuglingsstation«, sagte Cat und wünschte hier so rasch wie möglich wieder herauszukommen.

Tonino war schrecklich außer Atem, brachte aber doch ein Lächeln zu Stande. »Die Seelen sind doch ziemlich gewitzt.«

»Halt!«, schrie Meister Spinnenbein. »Sie dürfen auf keinen Fall in die Babys fahren, sonst sind sie für mich verloren!«

Mit hoch erhobenem Schmetterlingsnetz stürzte er sich auf den Schwarm der Seelen.

Die Seelen bewiesen am Ende also durchaus Verstand. Sie wichen vor Spinnenbeins Angriff nach oben aus, und dann löste sich der Schwarm in acht verschiedene Richtungen auf. Einen Augenblick lang konnte Spinnenbein sie mit fuchtelnden Armbewegungen in der Luft halten, aber dann entkamen ihm zwei der Seelen.

Wie ein Paar Sternschnuppen jagten das Efeu- und das Feigenblatt auf zwei Wiegen zu. Jede hielt sich einen Augenblick über einem schreienden Baby in Stellung und ließ sich dann in den offenen Mund des Krakeelers fallen. Damit waren sie verschwunden. Die Babys machten erst eine verblüffte Miene, dann schrien sie mit verzerrtem Gesicht lauter als zuvor und ruderten dazu mit ihren kurzen Ärmchen. Das musste ein komisches Gefühl sein, dachte Cat, plötzlich zwei Seelen zu haben, aber offenbar tat es nicht weh. Auf jeden Fall war es der beste Ort, um vor Meister Spinnenbeins Nachstellungen sicher zu sein.

Cat stupste Tonino an. »Wir sollten ihnen helfen.«

Tonino nickte. Beide waren gerade zur Stelle, als es brenzlig zu werden drohte. Der Meister sprang hierhin und dorthin und schlug mit dem Netz nach den Seelen. Die Mütter setzten sich in den Betten auf und protestierten. Offenbar blieben die Seelen für sie unsichtbar, aber sie konnten Meister Spinnenbein sehen.

»Was machen Sie da eigentlich?«, fragten mehrere Frauen.

Eine andere sagte: »Ich lasse nicht zu, dass sich dieser Verrückte meinem Kind nähert!« Dann nahm sie ihr schreiendes Baby gerade in dem Augenblick aus der Wiege, als das Ahornblatt über ihm schwebte, und drückte es an die Brust. Das Ahornblatt musste wohl oder übel zur nächsten Wiege schweben, wo es Spinnenbeins Netz nur um Haaresbreite entging.

»Das ist ein gefährlicher Irrer«, sagte die Mutter im nächsten Bett. »Läuten Sie nach Hilfe.«

»Das habe ich schon getan«, sagte die Mutter im Bett gegenüber. »Ich habe schon zwei Mal geläutet.«

»Das ist doch allerhand!«, empörten sich einige Mütter. Und andere drohten Meister Spinnenbein, die Polizei zu rufen, wenn er nicht den Raum verlasse.

Unterdessen entschwand eine Seele nach der anderen aus Spinnenbeins Reichweite und verschwand in den Babys. Schließlich waren nur noch zwei übrig, die älteste und die jüngste. Die älteste Blattseele sah immer noch kümmerlich aus, obwohl sie ein wenig größer geworden war, blieb aber weiterhin schwach und verängstigt. Ihre Versuche, in eines der Babys einzufahren, blieben halbherzig und langsam. Wenn Spinnenbeins Schmetterlingsnetz näher kam, schien ihr nichts anderes einzufallen, als zur Decke hinaufzuflattern, wo die jüngste und größte Blattseele wartete, wie um ihr zu sagen, was sie tun sollte.

Sie ließ sich schon wieder sinken, als Cat und Tonino ihr zu Hilfe eilten. Meister Spinnenbein sprang zurück, um sie zu fangen. Doch bremste er schlagartig seinen Lauf, als die Flügeltür aufging und eine gebieterische Stimme fragte: »Was hat das hier alles zu bedeuten?«

Es war die Oberin. Auch ohne die ausladende Haube, das strenge dunkelblaue Gewand, das große silberne Brustkreuz und die imposante Größe von einem Meter achtzig wusste man sofort, mit wem man es zu tun hatte. Jeder Zweifel war ausgeschlossen. Zu groß war ihre Ausstrahlung, so dass sie nur durch die Station zu gehen brauchte, und schon hörten fast alle Babys zu schreien auf.

Die große Blattseele, die einmal Gabriel de Witt gewesen war, schoss von der Saaldecke herab und verschwand gerade noch rechtzeitig im einzigen noch schreienden Baby. Die Mütter, die sich im Bett aufgesetzt hatten, legten sich alle rasch wieder hin und die Mutter, die ihr Baby schützend an sich gedrückt hatte, legte es schuldbewusst wieder in die Wiege zurück und ging ebenfalls in Ruhelage. Auch Cat und Tonino fühlten sich plötzlich schuldig. Sie standen still und taten so, als ob sie ein neugeborenes Geschwisterchen besuchen würden. Meister Spinnenbeins flacher breiter Mund stand offen, als ob die Oberin ihn mit einem Zauberbann belegt hätte. Aber Cat glaubte nicht, dass es Magie war. Als die Oberin ihren kühlen Blick auf ihn heftete, wusste er, dass es sich hier um reine Persönlichkeitsstärke handelte. Am liebsten wäre er im Boden versunken.

»Guter Mann, ich will gar nicht wissen, was Sie hier treiben«, sagte die Oberin zu Meister Spinnenbein. »Ich will nur, dass Sie Ihr Schmetterlingsnetz und Ihre beiden schmutzigen Straßenjungen nehmen und verschwinden. Auf der Stelle.«

»Jawohl, Madam.« Spinnenbein buckelte, sein haariges Affengesicht verzog sich zu einer schuldbewussten Miene. Einen Augenblick lang schien es, als wollte er tun, was man ihm befohlen hatte. Doch die verkümmerte, verstörte alte Seele, die die ganze Zeit über oben unter der Decke geschwebt hatte, glaubte wohl, dass allein die Oberin ihr Sicherheit gewähren könne.

Jedenfalls flatterte sie von der Decke herab und setzte sich bibbernd auf die äußerste Spitze der gestärkten Haube. Meister Spinnenbein starrte sie mit seinen runden Affenaugen begehrlich an.

»Hinaus jetzt«, drängte die Oberin.

Spinnenbeins Gesicht zeigte Anspannung. »Wenigstens die da will ich haben«, murmelte er. Dann machte er eine Bewegung, als würde er etwas werfen. »Halt! Keine Bewegung!«

Die Oberin stand reglos wie eine Statue. Die meisten Babys begannen wieder zu schreien.

»Sehr schön«, sagte der Meister. »Ich hatte schon immer etwas gegen Nonnen, widerwärtige religiöse Sumpfhühner.« Er stellte sich auf die Zehenspitzen, um die alte Seele in sein Netz zu bugsieren. Doch die Haube der Oberin war einfach zu hoch für ihn. Die Spitze vibrierte, als er sie mit dem Netz traf, und die Oberin wankte. Die Seele aber, statt ins Netz zu fallen, stürzte seitlich ab und landete in der Wiege, in der die Zwillinge lagen. Beide hatten den Mund sperrangelweit auf. Cat sah die Seele stürzen, ohne zu erkennen, in welchem der Zwillinge sie nun gelandet war, denn Spinnenbein stieß ihn wütend beiseite und versuchte die Wiege vom Bett zu lösen.

»Wenigstens die da will ich haben«, wiederholte er. »Ich fange noch einmal von vorn an, aber die *eine* muss ich haben.«

»Das werden Sie *nicht*!«, entgegnete die Mutter der Zwillinge. Sie stieg aus dem Bett und trat auf Meister Spinnenbein zu. Sie war beeindruckend. Ihre Arme sahen aus, als ob sie so lange gepflügt, Korn geschnitten, Teig geknetet und Wäsche gewrungen hätte, bis ihr Bizeps stärker war als der eines Eisenbiegers. Ihren übrigen Körper verhüllte ein weites weißes Nachthemd mit Rüschen, aus dem ein überraschend hübsches Gesicht mit einer sehr entschiedenen Miene blickte.

Cat schaute sie an und überreichte ihr, als sie an ihm vorbeiging, respektvoll sein Schmetterlingsnetz. Sie nickte ihm anerkennend zu und drehte es dann um, so dass das Netz neben ihrer Hand war. »Nehmen Sie die Finger von der Wiege«, sagte sie, »oder Sie werden es bereuen.«

Meister Spinnenbein ließ rasch die Wiege los und trat einen Schritt zurück. »Sehen wir die Dinge doch einmal nüchtern«, schlug er in einschmeichelndem Ton vor. »Sie haben *zwei* prächtige Babys. Wie wäre es, wenn ich Ihnen ein Goldstück für die beiden gäbe?«

»In meinem ganzen Leben habe ich noch nicht etwas so Abscheuliches gehört!«, sagte die beeindruckende Frau und Mutter. Und damit schwang sie den Stiel des Schmetterlingsnetzes mit beiden Händen.

Meister Spinnenbein konnte gerade noch »Dann eben zwei Goldstücke!« rufen, da traf ihn der Stiel mit voller Wucht am Kopf. Beim Aufprall gab es einen trockenen Knall. Der Hut flog ihm vom Kopf und enthüllte einen schütteren braunen Schädel. Spinnenbein taumelte wehklagend zur Seite, schwankte weiter und stieß gegen die Oberin. Cat und Tonino konnten sie gerade noch stützen, als Spinnenbein heulend vor ihr zusammensackte.

Und während er an ihr herabglitt, berührte sein Kopf das silberne Brustkreuz der Oberin. Ein Knistern war zu hören, gefolgt von einem penetranten Geruch. Meister Spinnenbein wurde von Zuckungen ergriffen und stürzte zu Boden. Cat blickte auf ein vertrocknetes und verschrumpeltes Etwas, das wie die Mumie eines Affen aussah. Es schien schon vor Jahrhunderten gestorben zu sein.

Als Erstes hielt Cat besorgt nach Anzeichen für Meister Spinnenbeins Seele Ausschau. Er wollte vermeiden, dass ein Baby damit gestraft wurde. Doch allem Anschein nach schien der Mann schon vor langer Zeit von seiner Seele verlassen worden zu sein. Dann blickte er wieder auf das braune mumienartige Ding und dachte schaudernd: Wenn das ein böser Zauberer war, dann will ich nie so etwas wie *der da* werden! In dem Augenblick fiel ihm ein, dass er ja selbst ein Zauberer war. Das stürzte ihn in eine solche Verwirrung, dass er sich gar nicht mehr regen konnte.

Die Babys um ihn herum schrien aus voller Kehle und die meisten Mütter jubelten dazu. Die Mutter der Zwillinge saß auf ihrem Bett und sagte, sie fühle sich ganz merkwürdig.

»Das wundert mich nicht!«, sagte die Oberin. »Das war ein knallharter Schlag – einer der besten, die ich je gesehen habe.«

Auf der anderen Seite der Oberin stand Tonino und tat, was Cat, wie ihm nun aufging, schon vor Stunden hätte tun sollen, er schrie aus ganzer Kehle: »Chrestomanci! Chrestomanci, kommen Sie schnell!«

Ein Schwall warmer Luft wie von einem vorüberfahrenden Zug, dazu ein fremdartiger, durchdringender Geruch aus einer ganz anderen Welt und schon stand Chrestomanci in der Säuglingsstation direkt der Oberin gegenüber.

Die Wirkung war verblüffend. Für das Konklave der Zauberer hatte Chrestomanci ein enges, bis zu den Oberschenkeln herabreichendes weißes Gewand über sehr weiten schwarzen Hosen tragen müssen.

Dies ließ ihn freilich noch größer und um einiges schlanker aussehen.

»Ah, Mutter Jannissary«, grüßte er sie. »Guten Abend. Wir hatten, glaube ich, bereits im vergangenen Jahr das Vergnügen.«

»Das war bei der Kirchenkonferenz. Mein Name ist übrigens Mutter Justinia«, verbesserte ihn die Oberin. »Sehr erfreut, Sie zu sehen, Sir Christopher. Wir haben hier ein Problem.«

»Das scheint mir auch so«, sagte Chrestomanci. Er schaute erst auf Meister Spinnenbeins Reste und dann hinüber zu Cat und Tonino. Anschließend wanderte sein Blick durch die Station, vorbei an schreienden Babys und staunenden Müttern, und zeigte immer größere Verwunderung. »Für einen Krankenhausbesuch ist es ein bisschen spät am Tag«, sagte er. »Vielleicht sagt mir jemand, warum wir alle hier sind.« Er hob die Augenbraue und machte eine leise Bewegung, worauf alle Babys mit dem Schreien aufhörten und in friedlichen Schlummer fielen. »So ist es besser. Tonino, erzähl du.«

Tonino erzählte alles in klaren Worten. Cat hätte an mehreren Stellen zusätzliche Erläuterungen geben können, doch sagte er fast nichts, weil er sich so schämte. Es war schlimm, dass Meister Spinnenbein ihn, einen Zauberer mit neun Leben, mit einem Zauberbann belegen konnte, so dass er sich nicht mehr erinnerte, wer er eigentlich war. Aber noch mehr schämte er sich dafür, Tonino so sehr mit Neid verfolgt zu haben und dass beide dabei um ein Haar ums Leben gekommen wären.

Der Umstand, dass Tonino nicht aufhörte Cat zu loben und hervorhob, er, Cat, habe trotz Meister Spinnenbeins Bann magische Kräfte entwickelt, machte die Sache nicht besser. Cat glaubte nicht, dass Tonino damit Recht hatte. Er war nur froh darüber, Mitleid mit den gefangenen Seelen gezeigt und dadurch bei ihrer Rettung geholfen zu haben. Und er konnte sich auch darüber freuen, dass er Tonino eigentlich mochte. Tonino war die ganze Zeit über so ruhig und unaufgeregt gewesen, wie man es sich von einem echten Gefährten nur wünschen konnte. Und er vermutete, dass Toninos magische Kräfte viel wirkungsvoller gewesen waren als seine eigenen.

»Dann ist Gabriel de Witt also tot«, sagte Chrestomanci traurig.

»Nicht wirklich«, widersprach Tonino und zeigte dabei auf die schlafenden Babys. »Er muss hier irgendwo sein.«

»Aha. Aber ich stelle mir vor, dass er oder sie nicht weiß, wer er jetzt ist«, entgegnete Chrestomanci. Er seufzte. »Neville Spinnenbein hat sich also in einer Zeitblase versteckt und die Seelen aller Chrestomancis gesammelt. Und wahrscheinlich Zauberlehrlinge umgebracht, um in der Zwischenzeit sein eigenes Leben zu verlängern. Zum Glück hat er euch entführt, sonst hätten wir ihn nie gefangen. Aber jetzt sollten wir ihn besser loswerden – seine Überreste sehen widerlich aus. Wie alt ist dieses Krankenhaus eigentlich?«, fragte er unvermittelt die Oberin.

»Um die siebzig Jahre«, antwortete sie überrascht.

»Und was war hier, ehe das Krankenhaus gebaut wurde?«

Sie zuckte die Achseln, worauf ihre Haube vibrierte.

»Wahrscheinlich grüne Wiesen.«

»Schön«, sagte Chrestomanci. »Dann kann ich ihn in die Zeit zurückschicken, ohne ihn zu bewegen. Für den, der auf der Wiese über ihn stolpert, mag das hart sein, aber es passt in die Verhältnisse, wie ich sie in Erinnerung habe. Eigentlich hätte er in einem Graben unweit von Dulwich tot aufgefunden werden sollen. Wenn jetzt bitte alle einen Schritt zurücktreten könnten?«

Cat, Tonino und Mutter Justinia traten nach hinten. Noch während sie zurückwichen, erschien ein blauer Schein um die affenähnliche Gestalt am Boden und sogleich war von Neville Spinnenbein nichts mehr zu sehen. Darauf folgte eine rasch verdampfende Pfütze mit einem penetranten Krankenhausgeruch.

»Ein Desinfektionsmittel«, erläuterte Chrestomanci. »Jetzt haben wir acht Seelen, um die wir uns kümmern müssen. Cat, erinnerst du dich, in welche Babys sie gefahren sind?«

Für Cat nahm das Schämen kein Ende. In seinen Augen sahen alle Babys gleich aus. Und die Verwirrung war so groß gewesen, als sich alle Seelen in verschiedene Richtungen stürzten. »Ich habe keine Ahnung«, sagte er kleinlaut. »Einer der Zwillinge, aber welcher, das weiß ich nicht.«

»Sie sind alle in verschiedene Richtungen auseinander gestoben«, sagte auch Tonino. »Wissen denn ihre Mütter nicht Bescheid?«

»Die meisten Menschen«, sagte Chrestomanci, »können keine Seelen sehen. Dazu braucht es magische Kräfte. Nun gut. Dann müssen wir es eben auf die routinemäßige Art machen.«

Er drehte sich um und schnippte mit den Fingern. Der junge Mann, der Chrestomanci als Sekretär diente, erschien weiter vorn im Saal. Offenbar war er es nicht gewohnt, so rasch gerufen zu werden, denn er war gerade dabei, sich eine Frackschleife zu binden, und hätte sie beinahe fallen gelassen. Cat beobachtete, wie er erst die Mütter anschaute, dann die Babys und die Oberin und zuletzt die beiden schmutzigen Jungen mit den zerzausten Haaren. Dabei bemühte er sich, den Anschein zu erwecken, als sehe er so etwas jeden Tag.

»Tom«, redete Chrestomanci ihn an, »seien Sie doch so gut und ermitteln Sie die Namen und Adressen aller Mütter und ihrer Babys.«

»Jawohl, Sir«, sagte Tom dienstbeflissen.

Einige Mütter schauten empört drein, und Mutter Justinia sagte: »Muss das sein? Wir legen großen Wert auf Vertraulichkeit.«

»Es muss sein«, beharrte Chrestomanci. Er hob die Stimme, damit ihn alle Mütter hören konnten. »Einige dieser Kinder werden mit großen magischen Fähigkeiten aufwachsen. Außerdem können sie merkwürdige Erinnerungen haben, die sie selbst und ihre Mütter verstören könnten. Wir möchten in der Lage sein, ihnen in einem solchen Fall zu helfen. Ferner wollen wir sie im richtigen Gebrauch der Zauberkräfte unterrichten. Da aber keiner von uns weiß, *welche* Kinder diese Fähigkeiten besitzen, müssen wir alle auf Dauer beobachten. Daher sollen alle Babys hier bis zu ihrem achtzehnten Lebensjahr ein staatliches Stipendium in Höhe von fünfhundert Pfund jährlich erhalten. Wären Sie damit einverstanden?«

»Heißt das, dass die Kinder das Geld bekommen, ganz gleich ob sie Zauberkräfte entwickeln oder nicht?«, fragte eine Mutter.

»Genauso ist es«, sagte Chrestomanci. »Selbstverständlich erhalten sie das Stipendium aber nur, wenn sie einmal im Jahr auf Schloss Chrestomanci kommen und ihr magisches Können prüfen lassen.«

»Meiner hat sicherlich magische Fähigkeiten«, murmelte eine Mutter. »Der Vater meiner Mutter –«

Die Mutter der Zwillinge sagte: »Also ich nehme das Geld. Ich wusste gar nicht, wie ich meine beiden überhaupt durchbringen sollte. Mit Zwillingen hatte ich nämlich nicht gerechnet. Vielen Dank.«

»Gern geschehen, Madam«, sagte Chrestomanci und verbeugte sich vor ihr. »Tom wird Ihnen alles

Weitere mitteilen.« Tom, der sich gerade ein Notizbuch und einen Bleistift herbeigezaubert hatte, schien beunruhigt und machte eine um Nachsicht bittende Miene. Doch Chrestomanci beachtete ihn gar nicht. »Das kann er schon machen«, sagte er zu Cat. »Schließlich wird er dafür bezahlt. Und du und Tonino, ihr seht aus, als ob ihr ein Bad und eine deftige Mahlzeit gebrauchen könntet. Bringen wir euch beide also heim.«

»Aber –«, versetzte Cat.

»Aber was?«, fragte Chrestomanci.

Cat wusste nicht, wie er die Scham, die er empfand, in Worte kleiden sollte. Er war sich ziemlich sicher, dass er auf dem Weg gewesen war, zu einem bösartigen Charakter wie Neville Spinnenbein zu werden, wagte aber nicht, zu Chrestomanci darüber zu sprechen. »Das habe ich nicht verdient«, sagte er.

»Genauso wenig wie die Zwillinge jährlich fünfhundert Pfund verdienen«, entgegnete ihm Chrestomanci aufgeräumt. »Ich weiß nicht, was mit dir los ist, Cat, aber mir scheint, du hast dich in einer gefährlichen Situation tapfer geschlagen, ohne dich auf deine magischen Kräfte zu verlassen. Denk darüber nach.«

Neben Cat tat Tonino einen Schrei der Verwunderung. Cat schaute auf und sah, dass sie im großen Saal von Schloss Chrestomanci mitten im fünfzackigen Stern unter dem Lüster standen. Millie kam zur Begrüßung die Treppe herunter.

»Oh, du hast sie *gefunden*!«, rief sie laut. »Ich habe mir ja solche Sorgen gemacht. Mordecai rief an, um mir zu sagen, dass er die Jungen in eine Droschke verfrachtet habe, die am Ende der Straße verschwand. Wisst ihr schon, dass Gabriel de Witt heute Abend gestorben ist?«

»Ja. Wie man es nimmt«, sagte Chrestomanci. »In gewisser Weise ist Gabriel noch immer am Leben.« Sein Blick wanderte von Millie zu Cat und Tonino. »Oh weh. Ihr seht beide erschöpft aus. Wisst ihr was? Wenn die Masern vorüber sind, miete ich ein Landhaus in Südfrankreich – mit einem Swimmingpool. Tonino kann von Frankreich aus nach Italien weiterreisen. Würde dir das gefallen, Tonino?«

»Ja, aber ich kann nicht schwimmen«, sagte Tonino.

»Ich auch nicht«, gab Cat zu. »Aber wir können es beide lernen.«

Tonino strahlte ihn an und Cat stellte fest, dass er Tonino sehr mochte.

Carol Oneirs hundertster Traum

Carol Oneirs Träume verkauften sich in der ganzen Welt hervorragend. Sie galt als die Jüngste der Branche, die Journalisten nannten sie das Wunderkind. In allen Tageszeitungen und Illustrierten erschienen regelmäßig Fotos von ihr, Einzelporträts, versonnen im Lehnstuhl sitzend, oder zusammen mit ihrer Mama, liebevoll an sie gekuschelt. Ihre Mutter war sehr stolz auf Carol, und ihr Verlag, die Zaubertraum GmbH, nicht weniger. Sie vermarktete Carols Traumprodukte in großen hellblauen Deckelgläsern mit kirschroten Seidenbändern. Zur Produktpalette gehörten das *Carol-Oneir-Allzweckkopfkissen*, hellrosa und herzförmig, *Carols Traumcomics*, das *Carol-Oneir-Traumhutband*, das *Carol-Oneir-Armband mit Traumanhängern* und mehrere Dutzend weiterer Artikel.

Als Siebenjährige hatte Carol entdeckt, dass sie zu den glücklichen Menschen gehörte, die ihre Träume lenken und sich im Geist von ihnen lösen können. Ein kundiger Zauberer brauchte ihre Träume dann nur noch abzuzapfen und zum Vergnügen anderer Leute in Flaschen zu füllen. Carol träumte gerne. Sie hatte nicht weniger als neunundneunzig abgeschlossene Träume produziert. Sie mochte auch die Aufmerksamkeit, mit der man sie bedachte, und die teuren Dinge, die Mama ihr kaufen konnte. Daher war es ein schwerer Schlag für sie, als sie sich eines Abends mit der Absicht schlafen legte, ihren hundertsten Traum zu träumen – und überhaupt nichts geschah.

Auch für Mama, die schon ein Sektfrühstück zur Feier von Carols hundertstem Traum bestellt hatte, war es ein schwerer Schlag. Und auch bei der Zaubertraum GmbH herrschte helle Aufregung. Der zuständige Mr Ploys stand mitten in der Nacht auf und kam mit dem Frühzug in die Grafschaft Surrey. Er beruhigte Mama, tröstete Carol und brachte das Wunderkind dazu, sich hinzulegen und es noch einmal mit dem Träumen zu versuchen. Aber Carol konnte immer noch nicht träumen. In der folgenden Woche versuchte sie es jeden Tag, doch kein Traum stellte sich ein, nicht einmal einer von der Sorte, den gewöhnliche Menschen haben.

Einzig ihr Vater behielt die Ruhe. Als die Krise ausbrach, ging er angeln. Mr Ploys und Mama brachten Carol zu den besten Ärzten für den Fall, dass sie übermüdet oder krank sein könnte. Doch das war sie nicht. Mama brachte sie daraufhin in die Praxis des berühmten Wunderdoktors Herman Mindelbaum in der Harley Street. Doch auch Mr Mindelbaum konnte nichts feststellen. Er sagte, Carol sei geistig völlig gesund, ja, ihr Selbstvertrauen sei in Anbetracht ihrer Lage überraschend groß. Während der Heimfahrt im Auto weinte Mama und Carol schluchzte dazu. »Ganz gleich, was passiert«, beschwor sie Mr Ploys, »wir dürfen auf keinen Fall zulassen, dass die Presse etwas davon erfährt!« Doch dazu war es selbstverständlich schon zu spät. Am folgenden Tag lauteten die Schlagzeilen der Zeitungen *Carol Oneir bei Geisterheiler* und *Hat Carol ausgeträumt?* Mama brach erneut in Tränen aus und Carol bekam beim Frühstück keinen Bissen hinunter.

Als Papa wieder vom Angeln heimkam, standen die Reporter schon dicht gedrängt vor dem Haus. Die Angelrute auf der Schulter, bahnte er sich einen Weg durch die Wartenden. »Kein Grund zur Aufregung«, beschwichtigte er die Presseleute. »Meine Tochter ist nur erschöpft. Wir bringen sie erst einmal zur Erholung in die Schweiz.« Drinnen verkündete er: »Wir haben Glück. Ich habe es geschafft, für Carol einen Termin bei einem Experten zu bekommen.«

»Was redest du da. Wir waren doch erst gestern bei Mr Mindelbaum«, schluchzte Mama.

»Ich weiß, meine Liebe«, sagte Papa. »Aber ich sprach von einem Experten, keinem Wunderdoktor. Weißt du, ich bin mit Chrestomanci zur Schule gegangen – das ist lange her, damals waren wir beide jünger als Carol. Tatsächlich war es meine Schuld, dass er sein erstes Leben einbüßte, denn ich habe ihm damals mit dem Kricketschläger einen Schlag gegen den Kopf verpasst. Als Zauberer mit neun Leben ist er heute selbstverständlich viel bedeutender als Carol, daher war es für mich nicht einfach, ihn ans Telefon zu bekommen. Zuerst fürchtete ich, er würde sich nicht an mich erinnern wollen. Doch er erinnerte sich sehr wohl. Er sagte, er wolle mit Carol sprechen. Der Haken daran ist nur, dass er zurzeit Urlaub in Südfrankreich macht und nicht möchte, dass der ganze Urlaubsort von Journalisten überschwemmt wird –«

»Ich kümmere mich darum«, rief Mr Ploys freudig. »Chrestomanci! Ich erstarre vor Ehrfurcht, Mr Oneir.«

Zwei Tage später stiegen Carol und ihre Eltern sowie Mr Ploys in Calais in einen Erste-Klasse-Schlafwagen des Schweizer Orient-Expresses. Auch die Journalisten stiegen ein, in Zweite-Klasse-Schlafwagen und Dritte-Klasse-Waggons, und später gesellten sich in den Gängen französische und deutsche Reporter dazu. Der überfüllte Zug ratterte durch Frankreich und erreichte spät am Abend Straßburg, wo gewöhnlich viel rangiert wurde. Carols Schlafwagen, in dem sie und ihre Eltern schliefen, wurde abgekoppelt und an den Riviera Golden Arrow angehängt, während der Orient-Express ohne sie nach Zürich weiterfuhr.

Mr Ploys fuhr mit den Reportern in die Schweiz. Er hatte Carol versichert, dass er als Traumzauberer über genügend Magie verfüge, die Reporter glauben zu machen, Carol sei immer noch im Zug. »Wenn Chrestomanci ungestört sein will«, sagte er, »dann könnte es mich meine Stelle kosten, wenn ich zuließe, dass ein Reporter in seine Nähe gelangt.«

Bis die Reporter die Irreführung entdeckten, waren Carol und ihre Eltern schon in dem Badeort Teignes an der Côte d'Azur angekommen. Dort packte Papa – nicht ohne ein paar sehnsüchtige Blicke in Richtung Casino zu werfen – seine Angelruten aus und ging zum Angeln. Mama und Carol nahmen eine Droschke und fuhren zur Villa hinauf, wo Chrestomanci sein Urlaubsdomizil aufgeschlagen hatte.

Für ihren Besuch hatten sich die beiden besonders fein gemacht. Bisher waren sie niemandem begegnet, der wichtiger als Carol gewesen wäre. Das Mädchen trug ein mit Rüschen besetztes Seidenkleid im gleichen Hellblau wie die Traumgläser und darunter nicht weniger als drei handbestickte Unterröcke. Als Fußbekleidung hatte sie farblich passende geknöpfte Stiefeletten gewählt, dazu trug sie ein blaues Band im sorgfältig frisierten Haar und einen blauen Seidensonnenschirm. Ferner hatte sie ihren herzförmigen Diamantanhänger, ihre Diamantbrosche mit den Lettern ihres Namens CAROL, ihre beiden Saphirarmbänder und alle sechs goldenen Armreifen angelegt. Ihr blauer Seidenpompadour besaß diamantenbesetzte Schnallen in Form zweier C. Mama war sogar noch mehr herausgeputzt in ihrem kirschroten Pariser Modellkleid, rosa Hut und mit ihrem ganzen Smaragdschmuck.

Sie wurden von einer nicht besonders hübschen Dame auf eine Terrasse geführt, die, wie Mama Carol hinter ihrem Fächer zuflüsterte, für eine Bedienstete etwas zu fein gekleidet war. Carol beneidete Mama wegen ihres Fächers.

Nach den vielen Stufen, die zur Terrasse hinaufführten, war Carol ganz außer Atem und konnte nicht sprechen. Sie überließ es Mama, sich für die wunderschöne Aussicht zu begeistern. Von hier oben sah man das Meer und den Strand und konnte einen Blick auf die Straßen von Teignes werfen. Mama fand auch den Anblick des Casinos ganz reizend und den Golfplatz so friedlich. Auf der anderen Seite der Villa befand sich ein privater Swimmingpool. Von dort drang das Geschrei planschender Kinder herauf, was, wie Carol fand, die Aussicht wiederum verdarb.

Chrestomanci saß in einem Liegestuhl und las. Er schaute auf und blinzelte ein wenig, als sie auf die Terrasse traten. Dann schien er sich zu erinnern, wer sie waren, und erhob sich, um ihnen die Hand zu schütteln. Er trug einen elegant geschnittenen Anzug aus Wildseide. Carol sah auf den ersten Blick, dass der Anzug mindestens ebenso viel gekostet hatte wie Mamas Pariser Modellkleid. Doch ihr erster Gedanke war, herrje, er sieht ja viel besser aus als Francis! Sie verdrängte den Gedanken sogleich wieder, denn er gehörte zu den Dingen, worüber sie mit Mama nie sprach. Es hatte aber zur Folge, dass Carol Chrestomancis hoch gewachsene Gestalt, sein tiefschwarzes Haar und seine strahlenden Augen mit Neid betrachtete. Sie wusste, er würde ihr genauso wenig helfen können wie Mr Mindelbaum, und der hatte sie an Melville erinnert.

Mama hielt unterdessen Chrestomancis Hand in ihren beiden Händen und beteuerte: »Ach, das ist ja so freundlich von Ihnen, etwas von Ihrem kostbaren Urlaub für uns zu opfern! Aber da nicht einmal Mr Mindelbaum herausgefunden hat, was Carol am Träumen hindert –«

»Keine Ursache«, sagte Chrestomanci und versuchte seine Hand wieder freizubekommen. »Offen gestanden war ich neugierig auf einen Fall, der selbst für Mindelbaum ein Rätsel darstellt.« Er machte der Dame, die sie auf die Terrasse geführt hatte, ein Zeichen. »Millie, könntest du wohl Mrs … äh … O'Dear nach unten geleiten, damit ich mich mit Carol unterhalten kann?«

»Das ist nicht nötig«, sagte Mama mit einem Lächeln. »Ich begleite meinen Schatz überallhin. Carol weiß, dass ich ganz still dasitzen und keinesfalls stören werde.«

»Kein Wunder, dass Mindelbaum zu keiner Diagnose gekommen ist«, murmelte Chrestomanci.

Aber dann – und Carol, die sich sonst für eine gute Beobachterin hielt, war sich nicht sicher, wie das passieren konnte – war Mama plötzlich nicht mehr auf der Terrasse. Carol selbst saß in einem Liegestuhl gerade gegenüber Chrestomanci und hörte Mamas Stimme von unten heraufkommen. »Ich lasse Carol nie allein fortgehen. Ich hüte sie wie meinen Augapfel …«

Chrestomanci lehnte sich bequem zurück und

schlug die Beine übereinander. »Nun sei so gut und erzähle mir genau, was du tust, wenn du träumst.«

Das hatte Carol nun gewiss schon Hunderte von Malen getan. Sie lächelte anmutig und legte los: »Zuerst spüre ich etwas im Kopf, das einen Traum ankündigt. Träume kommen, wann sie wollen, man kann sie nicht aufhalten oder verschieben. Dann sage ich Mama Bescheid, und wir gehen in mein Boudoir, wo sie mir hilft, mich auf die Couch zu legen, die Mr Ploys eigens für mich hat anfertigen lassen. Dann setzt Mama die Abspulvorrichtung in Gang und verlässt auf Zehenspitzen das Zimmer, während ich beim leisen Sirren der Spule langsam in den Schlaf sinke. Dann nimmt mich der Traum mit auf die Reise ...«

Chrestomanci machte sich keine Notizen wie Mr Mindelbaum oder die Journalisten. Er nickte ihr auch nicht aufmunternd zu, wie es Mr Mindelbaums Art war. Er schaute einfach nur aufs Meer hinaus. Carol dachte, er hätte wenigstens den Kindern im Swimmingpool sagen können, dass sie leiser sein sollen. Deren Lärmen und Toben war so laut, dass sie fast schreien musste, um sich verständlich zu machen. Carol fand das sehr unhöflich von Chrestomanci, fuhr aber trotzdem fort.

»Ich habe gelernt keine Angst zu haben und dorthin zu gehen, wohin mich der Traum führt. Es ist wie auf einer Entdeckungsreise –«

»Wann geschieht das?«, unterbrach sie Chrestomanci schroff. »Träumst du nachts?«

»Das kann jederzeit geschehen«, sagte Carol. »Wenn sich ein Traum ankündigt, kann ich mich auf meine Couch legen und auch tagsüber schlafen.«

»Sehr praktisch«, murmelte Chrestomanci. »Dann kannst du also in einer langweiligen Schulstunde die Hand strecken und sagen: ›Ach bitte, könnten Sie mich entschuldigen, ich möchte nach Hause und einen Traum träumen‹? Lässt man dich dann gehen?«

»Ich habe doch schon gesagt«, sagte Carol, nur mühsam die Fassung wahrend, »dass Mama alles zu Hause für mich einrichtet, damit ich jederzeit träumen kann. Es ist wie eine Entdeckungsreise, manchmal in unterirdischen Höhlen, manchmal in Schlössern oben in den Wolken –«

»Schön. Und wie lange dauern deine Träume gewöhnlich?«, unterbrach Chrestomanci sie erneut. »Sechs Stunden? Zehn Minuten?«

»Etwa eine halbe Stunde«, sagte Carol. »Manchmal in den Wolken, manchmal in der Südsee. Ich weiß nie, wohin mich der Traum führt oder wem ich auf der Reise begegnen werde –«

»Träumst du einen Traum binnen einer halben Stunde fertig?«, unterbrach Chrestomanci sie wieder.

»Selbstverständlich nicht. Manche meiner Träume dauern länger als drei Stunden«, sagte Carol. »Und die Leute, denen ich dabei begegne, sind fremd und wunderbar –«

»Dann träumst du also in der Regel jeweils eine halbe Stunde«, sagte Chrestomanci. »Und ich vermute, dass du einen Traum genau an der Stelle wieder aufnehmen musst, an der du ihn am Ende der letzten halben Stunde verlassen hast.«

»Das ist klar«, sagte Carol. »Sie müssen doch davon gehört haben, dass ich meine Träume *lenken* kann. Und am besten gelingt mir das, wenn ich jeweils eine halbe Stunde träume. Ich möchte Sie bitten, mich nicht dauernd zu unterbrechen, wenn ich mich schon bemühe, Ihnen alles genau zu erklären!«

Chrestomanci wandte das Gesicht vom Meer ab und sah sie an. Er schien überrascht. »Mein liebes Fräulein, du bemühst dich keineswegs, mir alles genau zu erklären. Ich lese nämlich Zeitung. Du erzählst mir den gleichen Schmus, den du schon der *Times*, der *Croydon Gazette*, dem *People's Monthly* und vermutlich auch dem armen Mindelbaum aufgetischt hast. Du behauptest, deine Träume kämen ungebeten – dennoch hast du täglich eine halbstündige Traumzeit – und du wüsstest nie, wohin dich der Traum führt oder was darin passieren wird – aber du kannst deine Träume lenken. Das kann ja wohl alles nicht so ganz stimmen, oder?«

Carol schob die Armreifen rauf und runter und bemühte sich, die Fassung zu behalten. Das war gar nicht so einfach, denn die Sonne brannte vom Himmel und das Gekreische am Swimmingpool nahm kein Ende. Sie erwog ernsthaft, Melville zu degradieren und Chrestomanci die Schurkenrolle in ihrem nächsten Traum zu geben – bis ihr einfiel, dass an einen nächsten Traum gar nicht zu denken war, sollte Chrestomanci ihr auch nicht helfen können. »Ich verstehe nicht«, behauptete sie.

»Reden wir über die Träume selbst«, schlug Chrestomanci vor. Er zeigte die Treppe hinunter auf das blaue Wasser des Swimmingpools. »Dort siehst du mein Mündel Janet, das blonde Mädchen, das die anderen gerade vom Sprungbrett stoßen. Sie mag deine Träume. Sie hat alle neunundneunzig, und das obwohl Julia und die Jungen verächtlich darüber reden. Die anderen sagen, deine Träume seien Kitsch und alle nach derselben Masche gestrickt.«

Selbstverständlich war Carol tief gekränkt, dass jemand ihre Träume Kitsch nennen konnte, doch hütete sie sich, das auch zu zeigen. Stattdessen lächelte sie nur huldvoll der großen Fontäne entgegen, unter der Janet verschwunden war.

»Janet hofft dich nachher zu treffen«, sagte Chrestomanci. Carols Lächeln wurde breiter. Sie traf gern mit Fans zusammen. »Als ich von deinem Besuch erfuhr«, sagte Chrestomanci, »borgte ich mir Janets neuestes Allzweckkissen.« Carols Lächeln wurde etwas schmaler. Chrestomanci schien ihr nicht der Mann, der sich für ihre Träume begeistern würde. »Mir hat es gut gefallen«, gestand Chrestomanci. Carols Lächeln wurde breiter. Na also. Wer sagt's denn. »Aber Julia und die Jungen haben schon Recht, das Happy End ist kitschig und in allen Träumen passiert immer das Gleiche.« Carols Lächeln gefror. »Aber deine Träume sind prallvoll mit Leben«, fuhr Chrestomanci fort. »Ein Ereignis jagt das andere, eine Begegnung die nächste. Ich mag vor allem die Massenauftritte, von denen die Klappentexte schwärmen. Andererseits finde ich die Schauplätze nicht sehr überzeugend. Der arabische Dekor im sechsundneunzigsten Traum war fürchterlich, selbst wenn man dein jugendliches Alter berücksichtigt. Dagegen schien mir die Rummelplatzatmosphäre in deinem letzten Traum Beweis für echtes Talent zu sein.«

Diesmal wurde Carols Lächeln wie die Straßen im Dubliner Vergnügungspark Fair City abwechselnd breiter und schmaler. Vollends aus der Fassung brachte sie aber Chrestomancis Bemerkung: »Und auch wenn du selbst nie in deinen Träumen zu sehen bist, konnte ich eine Anzahl von Gestalten ausmachen, die immer wieder, wenngleich in unterschiedlicher Verkleidung, auftreten. Ich habe sechs Hauptakteure gezählt.«

Damit näherte sich Chrestomanci Dingen, über die Carol nicht einmal mit ihrer Mutter sprach. Zum Glück hatten ein paar Journalisten bereits die gleiche Beobachtung gemacht. »So sind Träume nun einmal«, erwiderte sie. »Ich bin dabei lediglich die Beobachterin.«

»Wie du bereits gegenüber dem *Manchester Guardian* angegeben hast«, fügte Chrestomanci hinzu. Er blickte versonnen und schien Carols Bestürzung nicht zu bemerken, wie sie erleichtert feststellte. »Mir scheint es jetzt an der Zeit«, sagte er, »dass du dich schlafen legst, damit ich mir selbst ein Bild davon machen kann, was schief gegangen ist und warum dir dein hundertster Traum nicht in Erinnerung bleiben will.«

»Gar nichts ist schief gegangen«, protestierte Carol. »Ich habe einfach nicht geträumt.«

»Das sagst du«, erwiderte Chrestomanci. »Schließ die Augen. Du kannst ruhig schnarchen, wenn dir danach ist.«

»Aber ... ich kann mich doch nicht einfach während meines Besuchs verabschieden und mich schlafen legen! Und außerdem machen die Kinder im Swimmingpool viel zu viel Lärm.«

Chrestomanci legte eine Hand lässig auf die Fliesen der Terrasse. Carol beobachtete, wie er die Hand hochnahm, als wollte er etwas aus den Steinen ziehen. Auf der Terrasse wurde es still. Sie sah immer noch, wie die Kinder unten im Swimmingpool planschten und wie ihre Münder auf- und zugingen, aber kein Laut drang zu ihr herauf. »Fallen dir keine Ausreden mehr ein?«, fragte er.

»Das sind keine Ausreden. Und woher wollen Sie wissen, ob ich träume oder nicht, wenn Sie keine richtige Traumspule und keinen kundigen Traummagier haben, der Träume deuten kann?«, fragte Carol.

»Oh, ich darf behaupten, dass ich gut ohne einen solchen auskomme«, bemerkte Chrestomanci. Obgleich er das in mildem Ton sagte, erinnerte sich Carol plötzlich daran, dass ein Zauberer mit neun Leben vor ihr stand, der gewiss bedeutender war als sie. Vermutlich glaubte er aus eigener Kraft stark genug zu sein. Nun, das sollte er ruhig. Sie würde ihm den Gefallen tun. Carol schützte sich mit dem blauen Sonnenschirm vor der Sonne und lehnte sich mit der Gewissheit in den Liegestuhl zurück, dass es wieder nicht klappen würde …

… und fand sich auf dem Rummelplatz wieder, wo ihr neunundneunzigster Traum ein jähes Ende genommen hatte. Vor ihr dehnte sich ein schmutziger Rasenplatz aus, der mit Papier und anderem Abfall übersät war. In der Ferne stand hinter flatternden Zeltwänden und halb abgebauten Buden das Riesenrad. Daneben waren die Reste einer anderen großen Anlage, vermutlich der Rutschbahn, zu sehen. Der Ort machte einen verlassenen Eindruck.

»Also *wirklich*!«, empörte sich Carol. »Sie haben nichts aufgeräumt! Was *denken* sich Martha und Paul eigentlich dabei?« Kaum war ihr diese Bemerkung entfallen, da legte sie schuldbewusst die Hand auf den Mund und fuhr herum, um zu sehen, ob Chrestomanci ihr nicht nachgeschlichen war. Doch hinter sich sah sie nur den schmutzigen Rasenplatz. Gut!, dachte Carol. Ich *wusste*, dass sich niemand hinter die Kulissen eines Carol-Oneir-Traumes schleicht, sofern ich es ihm nicht erlaube. Sie stellte erleichtert fest, dass sie hier das Sagen hatte. Das gehörte zu den Dingen, über die sie nicht einmal mit Mama sprach. Nur auf der Terrasse in Teignes hatte sie einen Augenblick lang gefürchtet, Chrestomanci könnte auch das durchschauen.

Tatsächlich verfügte Carol, wie Chrestomanci richtig erkannt hatte, nur über sechs Hauptfiguren, die für sie arbeiteten. Francis – groß, schlank und blond, mit angenehmer Baritonstimme – verkörperte stets den Helden. Und stets heiratete er am Ende die vornehme, aber temperamentvolle Lucy, die ebenfalls blond und sehr hübsch war. Ferner Melville, schmal und dunkelhaarig, mit bleicher Gesichtsfarbe, der alle Schurkenrollen übernahm. Melville war so gut als Bösewicht, dass Carol ihn oft mehrmals in ein und demselbem Traum einsetzte. Und doch zeichnete er sich in jeder Situation durch die Manieren eines Gentlemans aus, weshalb der freundliche Mr Mindelbaum Carol sogleich an Melville erinnert hatte.

Die übrigen drei waren Bimbo, der altmodisch wirkte und alle weisen alten Männer, bedauernswerte Krüppel und schwache Tyrannen spielte; Martha, deren Fach die ältere Frau war und die Tanten, Mütter und böse Königinnen mimte, ob nun wirklich böse oder solche mit goldenem Herzen unter rauer Schale; und schließlich Paul, der klein von Wuchs war und jungenhaft aussah. Pauls Spezialität war der treue junge Diener, wenngleich er manchmal auch den Komplizen des Schurken spielte. In beiden Rollen musste er ziemlich oft sein Leben lassen. Da Paul und Martha nie größere Rollen bekamen, hatten sie darauf zu achten, dass die Statisten in den traumfreien Zeiten alles wieder aufräumten.

Was sie diesmal ganz offenkundig versäumt hatten.

»Paul!«, rief Carol. »Martha! Wo sind meine Statisten?« Nichts geschah. Ihre Stimme verhallte im Leeren.

»Na schön!«, sagte Carol. »Ich komme und sehe nach dem Rechten. Ihr werdet euch wundern!«

Sie ging auf die flatternden Zeltwände zu und suchte sich angewidert einen Weg durch den Abfall. Das war wirklich gemein von ihnen, dachte Carol, sie so im Stich zu lassen, nachdem sie sich die Mühe gemacht hatte, sie zu erfinden und in hundert verschiedene Kostüme zu stecken. Waren ihre Gestalten am Ende nicht genauso berühmt geworden wie ihre Schöpferin? Gerade als Carol darüber nachdachte, trat sie barfüßig in eine halb geschmolzene Eistüte. Sie schreckte mit einem Schauder zurück und merkte, dass sie aus irgendeinem Grund einen Badeanzug trug wie die Kinder in Chrestomancis Swimmingpool. »Auch das noch!«, sagte sie ärgerlich. Sie erinnerte sich jetzt, dass ihr letzter Versuch, den hundertsten Traum zu träumen, genauso verlaufen war wie dieser, bis zum Augenblick des Aufwachens. Jeder würde denken, dass es sich um einen Traum handelte, wie ihn gewöhnliche Menschen auch hatten. Es reichte nicht einmal für einen annehmbaren *Hutband*-Traum. Immerhin war es ihr diesmal unter Aufbietung all ihrer Kräfte gelungen, die Schuhe mit den blauen Knöpfen und das blaue Kleid mit den Unterröcken zu tragen. Zwar war es jetzt heißer, aber es zeigte auch, dass sie hier das Sagen hatte. Und so ging sie gerade weiter, bis sie die flatternden Zelte erreichte. Auch hier ging es fast wie in einem gewöhnlichen Traum zu. Das Riesenrad zurücklassend ging Carol vorbei an leeren Zelten und halb abgebauten Buden, an der Rutschbahn und an mehreren leeren Karussells, ohne einer Menschenseele zu begegnen.

Nur ihr nicht nachlassender Ärger trieb sie an weiterzugehen, bis sie doch jemandem begegnete. Beinahe wäre sie an ihm vorbeigegangen, weil sie ihn zuerst für eine Figur aus dem Wachsfigurenkabinett gehalten hatte. Er saß auf einer Kiste neben der aufgemalten Orgel eines Karussells und starrte vor sich hin. Vielleicht halfen manche aus der Statisterie bei Bedarf auch im Wachsfigurenkabinett aus. Sie hatte keine Ahnung. Aber dieser hier war blond und das bedeutete, er gehörte zu den Guten und arbeitete gewöhnlich für Francis.

»He, du da!«, sprach sie ihn an. »Wo ist Francis?«

Er schaute sie verständnislos an. »Rhabarber«, sagte er. »Abrakadabra.«

»Hör mal, du gibst hier keine Vorstellung!«, wies ihn Carol zurecht. »Ich will wissen, wo meine Hauptdarsteller sind.«

Der Mann zeigte auf das Riesenrad im Hintergrund. »In ihrer Unterkunft«, gab er zur Antwort. »Eine Betriebsversammlung.«

Carol ging in die gewiesene Richtung. Kaum hatte sie zwei Schritte getan, als der Mann ihr nachrief: »He, du könntest ruhig Danke sagen!«

Wie unhöflich, dachte Carol. Sie drehte sich um und warf ihm einen zornigen Blick zu. Er nahm gerade einen Schluck aus einer grünen Flasche, der ein starker Geruch entströmte. »Du bist ja betrunken!«, empörte sie sich. »Woher hast du das? In meinen Träumen erlaube ich keinen echten Alkohol.«

»Ich heiße Norman«, gab der Mann als Antwort. »Ich ertränke meine Sorgen in Schnaps.«

Carol sah ein, dass sie aus ihm nichts Vernünftiges herausbekommen würde. Sie sagte also »Danke«, damit er nicht wieder hinter ihr herschrie, und ging in die Richtung, in die er gezeigt hatte. Sie gelangte in eine unübersichtliche Ansammlung von Zigeunerwagen. Da die Wagen das verschwommene Aussehen angemalter Pappkartons hatten, ging Carol gleich an ihnen vorüber, da sie wusste, dass es sich um Kulissen handelte. Der Wohnwagen, den sie suchte, würde deutlich und echt aussehen. Und so war es tatsächlich. Der Wagen war eher ein schwarz geteerter Schuppen auf Rädern, aber aus dem rostigen Schornstein qualmte echter schwarzer Rauch.

Carol schnupperte. »Komisch. Es riecht fast wie nach Sahnebonbons!« Doch sie wollte ihre Leute nicht warnen, stieg die schwarze Holztreppe hinauf und stieß die Tür auf.

Ein Schwall von Wärme und der Geruch von Schnaps und Sahnebonbons schlugen ihr entgegen. Ihre Geschöpfe waren alle hier versammelt, aber statt sich ihr höflich zuzuwenden, um ihre Befehle zu empfangen, wie sie es sonst taten, nahm überhaupt niemand Notiz von ihr. Francis saß am Tisch und spielte mit Martha, Paul und Bimbo Karten im Licht von Kerzen, die in grünen Flaschen steckten. Gläser mit einem stark riechenden Getränk standen neben ihnen, doch der stärkste Alkoholgeruch rührte von einer Flasche her, aus der zu Carols Entsetzen Lucy trank. Die schöne und sanfte Lucy saß kichernd in einer Schlafkoje und drückte die Flasche an sich. Soweit Carol das im Dämmerlicht überhaupt erkennen konnte, war Lucys Gesicht gnomenhaft verzerrt und ihr Haar sah, wie Mama gesagt hätte, dem eines Struwwelpeters ähnlich. Melville stand am Ofen neben der Tür und kochte irgendetwas. Carol schämte sich ihn so zu sehen. Er trug eine schmuddelige weiße Schürze und lächelte sie versonnen an, während er in seinem Kochtopf rührte. Er machte einen heruntergekommenen Eindruck.

»Ja was, um Himmels willen, macht ihr hier?«, rief sie völlig außer sich.

Worauf Francis sich umdrehte und Carol seinen Dreitagebart sehen konnte.

»Mach doch die verdammte Tür zu!«, brummelte er ärgerlich.

Vielleicht war die dicke Zigarre schuld an seiner undeutlichen Aussprache, aber Carol fürchtete, dass Francis eher betrunken war.

Sie machte die Tür zu und stellte sich mit gekreuzten Armen hin. »Ich will eine Erklärung«, sagte sie, »und zwar sofort.«

Paul warf seine Karten auf den Tisch und zog einen Stapel Münzen zu sich heran. Dann nahm er die Zigarre aus dem jungenhaften Mund und sagte: »Da kannst du lange warten, es sei denn, du bist hergekommen, um endlich mit uns zu verhandeln. Wir streiken nämlich.«

»Ihr streikt?«, fragte Carol.

»Ja, wir streiken«, wiederholte Paul. »Wir alle. Gleich nach dem letzten Traum habe ich die Statisten mobilisiert. Wir fordern bessere Arbeitsbedingungen und eine größere Beteiligung am Gewinn.« Er bedachte Carol mit einem herausfordernden und nicht sehr freundlichen Grinsen und steckte sich die Zigarre wieder in den Mund – dabei sah er gar nicht mehr so jungenhaft aus, wie Carol beim genaueren Hinsehen erkannte. Paul war älter, als ihr bewusst gewesen war, und hatte kleine zynisch wirkende Falten im ganzen Gesicht.

»Paul ist unser Vertrauensmann«, erläuterte Martha. Sie wirkte, wie Carol erstaunt feststellte, eher jugendlich mit ihrem roten Haar und dem trotzigen Mund.

Ihre Stimme bekam einen anklagenden Ton, als sie weitersprach. »Wir haben unsere Rechte, ja. Aber die Bedingungen, unter denen die Statisten leben müssen, sind entsetzlich. Traum folgt auf Traum, ohne dass einer von uns Anspruch auf Freizeitausgleich hätte. Und es ist auch nicht so, dass wir Befriedigung aus unserer Arbeit ziehen. Was für miese Rollen Paul und ich spielen müssen!«

»Bloße Statistenrollen«, sagte Paul, während er Karten austeilte. »Wogegen wir vor allem protestieren, ist, dass wir in fast jedem Traum umgebracht werden. Die Statisten werden in jedem Schlussbild niedergemäht, und dafür erhalten sie nicht nur keine Entschädigung, nein, sie müssen auch gleich wieder aufstehen und sich durch den nächsten Traum kämpfen.«

»Und was zu trinken krieg'n wir auch nich'«, schaltete sich Bimbo ein. Carol sah, dass er ziemlich betrunken war. Seine Nase leuchtete feuerrot und sein weißes Haar sah verschwitzt aus. »Mir's übel von dem gefärbten Wasser. Musste mir Früchte aus dem Traum vom verzauberten Garten stehlen, um Wein draus zu machen. Jetzt mach ich Whisky. Das is besser.«

»*Bezahlt* werden wir auch nicht«, jammerte Martha. »Wir müssen uns nehmen, was wir als Entgelt für unsere Dienste bekommen.«

»Und woher habt ihr dann das viele Geld?«, fragte Carol und zeigte auf den Batzen vor Paul.

»Die Szene mit dem arabischen Schatzfund und Ähnliches«, sagte Paul. »Piratenbeute. Das meiste davon ist nur Spielgeld.«

Francis sagte plötzlich mit lauter, undeutlicher Stimme: »Ich verlange Anerkennung. Ich habe neunundneunzig verschiedene Helden gespielt, aber mein Name taucht auf keinem Kopfkissen oder Krug auf.« Dann schlug er mit der Faust auf den Tisch. »Ausbeutung ist das!«

»Ja, wir alle wollen unsere Namen im nächsten Traum versammelt sehen«, sagte Paul. »Melville, gib uns mal die Beschwerdeliste.«

»Melville ist der Sekretär des Streikkomitees«, erklärte Martha.

Francis schlug wieder auf den Tisch und rief »*Melville!*«. Dann stimmten auch alle anderen ein, »*Melville!*«, bis Melville schließlich den Ofen verließ und mit dem Kochtopf in einer Hand und einer Liste in der anderen vor ihnen erschien.

»Ich wollte meinen Fondant nicht verpfuschen«, sagte Melville zu seiner Entschuldigung. Er überreichte Carol das Papier. »Hier, meine Liebe. Es war nicht meine Idee, aber ich wollte die anderen auch nicht im Stich lassen.«

Carol stand mit dem Rücken zur Tür und war mehr oder weniger in Tränen aufgelöst. Dieser Traum entpuppte sich als Albtraum.

»Lucy!«, rief sie verzweifelt. »Lucy, hast du dich ihnen auch angeschlossen?«

»Verunsichere sie nicht«, wies sie Martha zurecht, zu der Carol eine starke Abneigung erfasste. »Lucy hat genug gelitten. Sie hat die Rollen satt, wo sie immer nur das Spielzeug von Männern war. Stimmt's, Liebes?«, fragte sie Lucy.

Lucy blickte auf. »Keiner versteht das«, sagte sie, den Blick starr auf die Wand gerichtet. »Ich kann Francis nicht ausstehen. Und trotzdem muss ich ihn am Ende immer heiraten und glücklich, *hicks*, bis an mein Lebensende mit ihm zusammenleben.«

Diese Worte erbosten Francis. »Und ich kann dich nicht ausstehen!«, schrie er und sprang von seinem Stuhl auf. Der Tisch fiel mit lautem Knall um und mit ihm Gläser, Karten, Münzen und Kerzen. In dem Durcheinander, das nun im Dunkel entstand, ging die Tür plötzlich hinter Carol auf und sie verschwand so rasch wie möglich nach draußen …

… und fand sich wieder in dem Liegestuhl auf der sonnigen Terrasse der Villa sitzen. Sie hielt ein Blatt Papier in der Hand, und ihr Sonnenschirm lag zu ihren Füßen. Verärgert bemerkte sie, dass jemand ihr blaues Kleid mit einer fadenförmigen klebrigen Masse, allem Anschein nach Fondant, bekleckert hatte.

»Tonino! Vieni qui!«, rief jemand.

Carol blickte auf und sah Chrestomanci, der gerade dabei war, einen Liegestuhl wieder zusammenzusetzen. Scharen von Menschen drängten sich an ihm vorbei und hasteten die Terrassentreppe hinunter. Zuerst konnte Carol sich nicht erklären, wer die Leute waren. Dann aber erkannte sie Francis unter ihnen, und später Lucy, die mit einer Hand die Schnapsflasche hielt und mit der anderen Normans Hand, die Hand des Mannes, den Carol gerade auf einer Kiste sitzend gesehen hatte. Die Übrigen mussten wohl zur Statisterie gehören. Sie versuchte sich immer noch vorzustellen, was denn passiert sein mochte, als Chrestomanci den Liegestuhl fallen ließ und die letzte über die Terrasse laufende Person anhielt.

»Entschuldigen Sie bitte«, sagte Chrestomanci. »Könnten Sie mir erklären, was hier vorgeht, ehe auch Sie davonstürmen?«

Es war Melville, der immer noch die Kochschürze umgebunden hatte. Mit langer Gaunerhand fegte er den Rauch von seinem Kochtopf und blickte mit verdrießlicher Miene auf den Fondant.

»Der ist nicht mehr zu retten«, sagte er. »Sie wollen wissen, was passiert ist? Ja, ich glaube, es hat in der Statisterie angefangen, etwa um die Zeit, als Lucy sich in Norman verliebte, vielleicht hat also Norman den Stein ins Rollen gebracht. Auf jeden Fall beklagen sich die Statisten, sie bekämen nie Gelegenheit, sich als wirkliche Menschen darzustellen. Und Paul griff das auf. Paul ist nämlich sehr ehrgeizig, und er wusste, wie wir anderen auch, dass Francis nicht das Zeug zum Helden hat –«

»Das stimmt«, pflichtete Chrestomanci bei. »Er hat kein markantes Kinn.«

Carol hielt die Luft an und wollte schon protestieren – was in diesem Augenblick wohl nicht ohne Tränen abgegangen wäre –, als sie sich erinnerte, dass Francis' stoppeliges Kinn tatsächlich weich und charakterlos unter der Zigarre ausgesehen hatte.

»Oh, man sollte nicht nach dem Kinn urteilen«, versetzte Melville. »Schauen Sie sich meines an – ich bin genauso wenig ein Schurke, wie Francis ein Held ist. Aber Francis kann sehr ungeduldig sein, und Paul nutzte diese Seite seines Charakters mit Bimbos Hilfe und dessen Whisky aus, und Lucy hielt sowieso zu Paul, denn sie hasste es, immer diese Rüschenkleider tragen und Francis anhimmeln zu müssen. Sie und Norman wollten in die Landwirtschaft gehen. Und Martha, die ich für eine sehr leichtsinnige Person halte, stellte sich auf ihre Seite, weil sie es satt hatte, die Schauplätze immer so rasch wieder abräumen zu müssen. Und so kamen sie alle zu mir.«

»Und Sie haben stillgehalten?«, fragte Chrestomanci.

»*Der Invalide von Monte Christo* und *Der arabische Ritter* hindurch«, sagte Melville, ehe er über die Terrasse ging und seinen Kochtopf auf der Balustrade abstellte. »Ich mag Carol sehr, wissen Sie, und ich wäre bereit, für sie drei Schurken auf einmal zu spielen, wenn sie das von mir verlangen würde. Aber als sie gleich nach *Der Tyrann von London* mit dem Rummelplatztraum weitermachte, da hatte auch ich den Eindruck, dass wir alle total überarbeitet waren. Nie hatten wir Zeit, zu uns selbst zu kommen. Meine Güte«, rief er erstaunt. »Das sieht ja so aus, als ob die Statisterie die Stadt rot anstreichen wollte.«

Chrestomanci lehnte sich ebenfalls über die Balustrade, um besser sehen zu können. »Das befürchte ich auch«, sagte er. »Was meinen Sie, warum Carol alle so sehr zur Arbeit antreibt? Aus Ehrgeiz?«

Aus der Stadt drang jetzt ein solcher Lärm herauf, dass auch Carol nicht umhinkonnte, aufzustehen und ebenfalls hinunterzuschauen. Ein Großteil der Statisterie war geradewegs zum Strand gelaufen. Die einen hatten Badekarren, die sie hinter sich herzogen, andere warfen ihre Kleider einfach fort und stürzten sich unter fröhlichem Geschrei ins Wasser. Das löste Unmut bei den übrigen Badegästen aus. Noch größer war der Unmut auf dem Platz unterhalb des Casinos, wo die Statisterie in die eleganten Cafés einfiel und laut nach Eiskrem, Wein und Froschschenkeln verlangte.

»Da geht es hoch her«, kommentierte Melville. »Nein, nicht aus Ehrgeiz. Eher ist es wohl so, dass Carol nach Erfolg süchtig ist und ihre Mutter mit ihr. Es ist nicht so leicht, mit etwas aufzuhören, wenn die Mutter erwartet, dass man damit weitermacht.«

Eine Pferdedroschke kam nun die Hauptstraße herauf, gefolgt von einer aufgeregt schreienden Menge. Hinter ihnen folgte ein Großaufgebot von Gendarmen. Ursache für den Auflauf schien der weißbärtige

Mann in der Droschke zu sein, der mit vollen Händen Edelsteine in die Gegend warf. Juwelen aus arabischen Schätzen und Piratenhorten, dachte Carol. Sie fragte sich, ob es Imitationen aus Glas oder echte Juwelen waren.

»Der arme Bimbo«, sagte Melville. »Er scheint sich jetzt für einen königlichen Nikolaus zu halten. Diese Rolle hat er wohl zu oft gespielt. Er sollte in den Ruhestand gehen.«

»Zu dumm, dass deine Mutter den Kutscher gebeten hatte zu warten«, sagte Chrestomanci zu Carol. »Sind das nicht Francis, Martha und Paul da drüben, die sich gerade auf den Weg ins Casino machen?«

Sie waren es in der Tat. Carol sah, wie sie untergehakt die Marmortreppe hinaufgingen, drei Leute, die vorhatten, auf den Putz zu hauen.

»Paul hat mir anvertraut, er besitze ein System, um die Bank zu sprengen«, sagte Melville.

»Eine irrige Auffassung«, sagte Chrestomanci, »die er mit vielen teilt.«

»Aber das kann er nicht!«, rief Carol. »Er hat doch gar kein echtes Geld!« Zufällig schaute sie an sich herunter und stellte fest, dass ihr Diamantenanhänger nicht mehr da war. Ebenso ihre Diamantbrosche. Ihr Saphirarmband und sämtliche goldenen Armreifen fehlten. Sogar die Schnallen ihres Pompadours hatte man abgerissen.

»Ich bin bestohlen worden!«, schimpfte sie.

»Das war bestimmt Martha«, mutmaßte Melville.

»Sie hat eine Taschendiebin in *Der Tyrann von London* gespielt.«

»Es sieht so aus, als ob du ihnen eine ganze Menge Honorare schuldest«, sagte Chrestomanci.

»Aber was soll ich denn *tun*?«, jammerte Carol. »Wie bringe ich alle dazu, zurückzukommen?«

Melville sah sie bekümmert an. Heraus kam eine unschöne Grimasse, doch Carol verstand ihn vollkommen. Melville war lieb. Chrestomanci sah überrascht aus und auch ein bisschen verärgert. »Soll das heißen, dass du diese Leute wiederhaben *willst*?«

Carol öffnete schon den Mund, um ja zu sagen, selbstverständlich! Doch dann blieb sie stumm. Die Leute amüsierten sich so prächtig. Bimbo machte es einen Riesenspaß, durch die Straßen zu fahren und Juwelen unters Volk zu werfen. Die Badenden im Meer waren eine einzige fröhlich planschende Menge. Und die Kellner in den Cafés unten am Platz eilten umher, nahmen Bestellungen auf und stellten Teller und Gläser auf den Tischen ab, an denen die Statisten saßen. Carol konnte nur hoffen, dass sie echtes Geld bei sich hatten. Drehte sie ein wenig den Kopf, sah sie, dass einige aus der Statisterie bis zum Golfplatz gelangt waren. Die meisten hingen der Vorstellung an, Golf sei ein Sport, der ungefähr wie Hockey gespielt wird.

»Carol ringt noch mit einem Entschluss«, sagte Chrestomanci. »Was halten Sie, Melville, von Carols Träumen? Sie kennen ihre Träume schließlich von innen.«

Melville zog traurig an einem Schnurrbartende. »Ich habe mich die ganze Zeit vor dieser Frage gefürchtet«, sagte er. »Sie hat ein enormes Talent, sonst könnte sie das überhaupt nicht, aber manchmal habe ich schon den Eindruck, dass sie – na ja – dass sie sich wiederholt. Sagen wir es so: Genauso wenig wie uns erlaubt Carol auch sich selbst nicht, wirklich sie selbst zu sein.«

Von allen ihren Traumgeschöpfen war Melville, das ging Carol jetzt auf, der Einzige, den sie wirklich mochte. Die anderen konnten ihr gestohlen bleiben. Auch wenn sie es nicht zugeben wollte, hatten die anderen sie seit Jahren nur gelangweilt. Sie hatte aber nie Zeit gefunden, sich etwas Interessanteres auszudenken, weil sie immer schon damit beschäftigt war, den nächsten Traum zu gestalten. Angenommen, sie würde allen anderen den Laufpass geben? Würde sie damit nicht Melvilles Gefühle verletzen?

»Melville«, fragte sie erwartungsvoll, »spielst du gern Schurken?«

»Meine Liebe«, antwortete Melville, »das ist ganz und gar deine Sache, aber ich gebe zu, manchmal würde ich gern jemand sein, der … nun ja … der keine so schwarze Seele hat. Einer mit einer *grauen* Seele, der ein wenig komplizierter gestrickt ist.«

Das war schwer zu schlucken. »Wenn ich das täte«, sagte Carol nachdenklich, »müsste ich erst einmal eine Weile mit dem Träumen aufhören und lange Zeit darauf verwenden, eine neue Sicht auf die Menschen zu gewinnen. Würde es dir etwas ausmachen, solange zu warten? Es könnte über ein Jahr dauern.«

»Überhaupt nicht«, sagte Melville. »Ruf mich einfach, wenn du mich brauchst.« Und er verbeugte sich und küsste mit schurkischem Charme Carol die Hand …

… und wieder setzte sich Carol in ihrem Liegestuhl auf.

Diesmal rieb sie sich aber die Augen. Die Terrasse war leer bis auf Chrestomanci und einen schmächtigen kleinen Jungen. Chrestomanci hielt einen zerbrochenen Liegestuhl in der Hand und unterhielt sich in Italienisch mit dem Jungen, der offenbar vom Swimmingpool heraufgekommen war, denn er trug triefend nasse Badehosen.

»Oh!«, sagte Carol. »Dann war alles nur ein Traum!« Offenbar hatte sie ihren Sonnenschirm im Schlaf fallen lassen. Sie streckte die Hand aus, um ihn aufzuheben. Jemand musste auf ihn getreten sein, außerdem war ihr Kleid bekleckert. Dann suchte sie ihre Brosche, ihren Anhänger und die Armreifen. Alles war fort. Jemand hatte ihr Kleid beim Abreißen der Brosche beschädigt. Ihr Blick fiel auf die Balustrade und auf einen kleinen angebrannten Kochtopf.

Carol stand auf und lief zur Balustrade in der Hoffnung, Melville noch auf der Treppe zu erwischen. Die Treppe war leer. Sie kam noch rechtzeitig, um Bimbos Droschke zu sehen, die am Ende der Straße von Gendarmen umringt wurde. Bimbo schien bereits fort zu sein. Es sah so aus, als hätte er den Trick, sich unsichtbar zu machen, angewendet, den sie in *Der Invalide von Monte Christo* für ihn erfunden hatte.

Unten am Strand kamen Scharen von Statisten aus dem Wasser und legten sich in die Sonne oder borgten sich höflich Strandbälle von anderen Badegästen aus. Tatsächlich konnte man sie kaum von den anderen Touristen unterscheiden. Weiter draußen auf dem Golfplatz war ein Herr in rotem Blazer gerade dabei, andere Statisten so aufzustellen, dass sie in einer Reihe den Abschlag üben konnten. Carol schaute zum Casino hinüber, aber da war keine Spur von Paul, Martha oder Francis zu sehen. Vom Platz kam Gesang aus den voll besetzten Cafés herauf – ein satter, kräftiger Klang, denn selbstverständlich gab es unter der Statisterie auch mehrere Chöre. Carol wandte sich um und sah Chrestomanci vorwurfsvoll an.

Chrestomanci unterbrach seine auf Italienisch geführte Unterhaltung und brachte den schmächtigen Jungen, dem er die Hand auf die nasse Schulter gelegt hatte, zu Carol hinüber. »Unser Tonino«, sagte er, »ist ein recht ungewöhnlicher Zauberer. Er verstärkt die magische Kraft anderer Zauberer. Als ich gewahr wurde, in welche Richtung deine Gedanken gingen, dachte ich mir, es wäre das Beste, ihn heraufzuholen, damit er dich in deiner Entscheidung bestärkt. Ich ahnte schon, dass du so etwas tun würdest. Deshalb wollte ich auch keine Journalisten. Hättest du nicht Lust, jetzt hinunter zum Swimmingpool zu gehen? Janet kann dir sicherlich einen Badeanzug leihen und wahrscheinlich auch ein sauberes Kleid.«

»Ja … danke, aber …«, begann Carol, als der schmächtige Junge auf etwas hinter ihr deutete.

»Ich spreche deine Sprache«, sagte er. »Du hast dein Blatt verloren.«

Carol wandte sich um und hob es auf. In einer schönen schwungvollen Handschrift war darauf zu lesen:

Carol Oneir entbindet hiermit Francis, Lucy, Martha, Paul und Bimbo von allen weiteren beruflichen Verpflichtungen und beurlaubt die Statisterie auf unbestimmte Zeit. Auch ich nehme mit deiner Erlaubnis Urlaub und verbleibe
dein Diener
Melville

»Oh weh!«, sagte Carol. »Was mache ich aber mit Mr Ploys? Und wie bringe ich es Mama bei?«

»Ich kann mit Ploys reden«, schlug Chrestomanci vor, »aber mit deiner Mutter musst du selber sprechen, obgleich dein Vater, wenn er aus dem Ca – äh, vom Angeln wiederkommt, dich in deiner Entscheidung bestimmt unterstützen wird.«

Und wirklich stellte sich ihr Vater ein paar Stunden später ganz auf Carols Seite. Und selbst Mama war umgänglicher als sonst, weil sie immer noch daran kaute, Chrestomancis Gattin für eine Angestellte gehalten zu haben. Carol war es jetzt aber viel wichtiger, Dad zu berichten, dass sie bestimmt sechzehnmal vom Sprungbrett geschubst worden war und dass sie dabei schwimmen gelernt hatte – na ja, zumindest zwei Züge hintereinander.

Der Weise von Theare

In einer Welt mit dem Namen Theare herrschte im Himmel eine mustergültige Ordnung. Alles war dort so durchdacht, dass jede Gottheit ihre eigenen Pflichten, passenden Gebete, geregelten Geschäftszeiten, genauen Charaktereigenschaften und ihren unverwechselbaren Platz über oder unter den übrigen Göttern kannte.

Das galt für alle: für den Großen Zond, den Götterkönig, für jeden Gott und jede Göttin, jede Haupt- und Nebengottheit bis hinab zur unscheinbarsten Nymphe. Sogar die unsichtbaren Drachen, die in den Flüssen lebten, kannten ihre unsichtbaren Grenzlinien. Das ganze Universum lief präzise wie ein Uhrwerk. Bei den Menschen war zwar nicht alles so gut organisiert, aber die Götter waren ja da, um alles wieder in die richtigen Bahnen zu lenken. Diese altehrwürdige Ordnung galt nun schon seit Jahrhunderten. So musste es geradezu als ein Bruch in der Natur der Dinge selbst erscheinen, als mitten während des jährlichen Wasserfests, zu dem nur Wassergottheiten Zutritt hatten, der Sonnengott Imperion durch die himmlischen Hallen stürmte und sich vor dem Großen Zond zu zeigen wagte.

»Fort mit dir!«, rief Zond entsetzt.

Doch Imperion stürmte unter dem Dampfen und Zischen der versammelten Wassergottheiten bis an Zonds erhöhten Thron, wo er umgeben von einem Schwall von Hitze und heißem Wasser schließlich stehen blieb.

»Vater!«, rief Imperion in flehendem Ton.

Ein Hochgott wie Imperion durfte Zond Vater nennen. Zond erinnerte sich nicht, ob er wirklich Imperions Vater war. Die Verhältnisse bei der Geburt der Götter waren niemals so ordentlich wie zum Zeitpunkt ihrer gegenwärtigen Existenz. Zond wusste jedoch, dass Imperion, ob er nun sein Sohn war oder nicht, gerade alle Regeln gebrochen hatte. »Wirf dich vor mir nieder«, befahl Zond streng.

Imperion missachtete auch diese Anweisung. Das war sicherlich das Klügste, denn der Boden des himmlischen Thronsaals stand bereits unter Wasser und dampfte. Imperion hielt seinen flammenden Blick auf Zond gerichtet. »Vater! Der Weise der Auflösung ist geboren!«

Zond schauderte in den Wolken heißen Dampfes und versuchte abgeklärt zu wirken. »Es steht geschrieben«, sagte er, »dass einst ein Weiser geboren wird, der alles in Frage stellen wird. Mit seinen Fragen wird er die himmlische Ordnung über den Haufen werfen und alle Götter durcheinander bringen. Ferner steht geschrieben –«

An dieser Stelle merkte er, dass Imperion ihn dazu

gebracht hatte, ebenfalls die Regeln zu brechen. Das richtige Vorgehen hätte für Zond darin bestanden, den Gott der Weissagung kommen zu lassen, damit dieser das Buch des Himmels befrage. Das war eine seiner vorgeschriebenen Pflichten. Zond richtete sich an Imperion.

»Warum kommst du zu mir und berichtest mir davon? Du bist doch der Gott der Weissagung! Schau ins Buch des Himmels!«

»Das habe ich schon getan, Vater«, verteidigte sich Imperion. »Ich lese darin, dass ich das Kommen des Weisen der Auflösung weissagte, als die Götter geschaffen wurden. Es steht auch geschrieben, dass der Weise geboren wird, ohne dass ich davon erfahre.«

»Wie ist es dann möglich«, bemerkte Zond und fuhr siegessicher fort, »dass du zu mir kommst und mir seine Geburt verkündest?«

»Die bloße Tatsache«, sagte Imperion, »dass ich hier hereinkommen und das Wasserfest stören kann, beweist, dass der Weise geboren ist. Unsere Auflösung hat offensichtlich schon begonnen.«

Es platschte unter den Wassergottheiten zum Zeichen ihrer Fassungslosigkeit. Sie hatten sich so weit wie möglich von Imperion entfernt und am anderen Ende des Thronsaals versammelt, aber dennoch alles gehört. Zond nahm seinen ganzen Verstand zusammen. Die von Imperion verursachten Dampfwolken und die allgemeine Bestürzung unter den Wassergottheiten hatten die himmlischen Hallen in einen Zustand am Rande des Chaos versetzt, wie er es seit Jahrtausenden nicht erlebt hatte. Wenn das so weiterging, brauchte der Weise gar nicht mehr seine zersetzenden Fragen zu stellen.

»Lasst uns allein«, sagte Zond zu den Wassergottheiten. »Wegen Ereignissen, die sich sogar meiner Macht entziehen, muss dieses Fest ein vorzeitiges Ende nehmen. Ich werde euch später meinen Entschluss mitteilen.« Zu Zonds Bestürzung zögerten die Wassergottheiten den Saal zu verlassen – ein weiterer Beleg für die einsetzende Auflösung. »Ich verspreche es euch«, bekräftigte er.

Daraufhin zogen sich die Wassergottheiten in Wellen zurück. Nur einer blieb, Ock, der Gott der Ozeane. Ock hatte den gleichen Rang wie Imperion, Hitze schreckte ihn nicht, er blieb an seinem Platz.

Zond war darüber nicht erfreut. Ock war von allen Göttern der am wenigsten ordentliche. Er kannte seinen Platz nicht. Er war so unruhig und unberechenbar wie die Menschen. Aber was konnte Zond noch tun, da die Auflösung schon begonnen hatte?

»Wir erlauben dir zu bleiben«, sagte er huldreich zu Ock, und zu Imperion gerichtet: »Nun, wie hast du von der Geburt des Weisen erfahren?«

»Ich habe wegen einer anderen Angelegenheit im Buch des Himmels nachgeschaut«, erläuterte Imperion, »und das Buch öffnete sich just an der Stelle, an der von meiner Weissagung des Weisen der Auflösung die Rede ist. Weil es dort heißt, ich würde weder Tag noch Stunde der Geburt des Weisen erfahren, folgt daraus, dass er bereits geboren ist, andernfalls hätte ich nicht davon gewusst. Der Rest der Weissagung war von lobenswerter Deutlichkeit. In zwanzig Jahren wird er beginnen den Himmel mit seinen Fragen zu bedrängen. Was sollen wir tun, um ihn davon abzuhalten?«

»Ich wüsste nicht, was wir tun könnten«, sagte Zond resigniert. »Eine Weissagung ist nun einmal eine Weissagung.«

»Aber wir müssen etwas unternehmen!«, sagte Imperion aufgebracht. »Ich bestehe darauf! Ich bin ein Gott der Ordnung, sogar mehr noch als Ihr. Denkt bloß, was geschehen würde, wenn die Sonne nicht mehr genau ihrer Bahn folgen würde. Für mich bedeutet Ordnung mehr als alles andere. Ich will, dass der Weise der Auflösung gefunden und getötet wird, ehe er seine Fragen stellen kann.«

Zond war entsetzt. »Das kann ich nicht tun! Wenn die Weissagung lautet, dass er Fragen stellen muss, dann muss er das auch.«

An dieser Stelle schaltete sich Ock ein. »In jeder Weissagung gibt es auch ein Hintertürchen«, behauptete er.

»Logisch«, fauchte Imperion. »Dieses Hintertürchen sehe ich so deutlich wie du. Ich nutze die Unordnung, die durch die Geburt des Weisen entstanden ist, und bitte den Großen Zond, den Weisen umzubringen, die Weissagung außer Kraft zu setzen und damit die Ordnung wiederherzustellen.«

»Haarspalterei war nicht meine Absicht«, sagte Ock.

Die beiden Götter standen einander gegenüber. Der von Ock ausströmende Dampf überzog Imperion und regnete dann, so regelmäßig wie der Atem, auf Ock herunter. »Was meintest du dann?«, fragte Imperion.

»Die Weissagung«, sagte Ock, »lässt offen, in welcher Welt der Weise seine Fragen stellen wird. Es gibt viele andere Welten. Die Menschen nennen sie Wenn-Welten. Früher bildeten sie mit Theare ein und dieselbe Welt, doch dann spalteten sie sich ab und entwickelten sich als Folge eines einschneidenden Ereignisses auf ihre ganz eigene Weise. Jede Wenn-Welt hat ihren Himmel. Bestimmt gibt es eine Welt, in der die Götter nicht so ordentlich sind wie hier. Wir sollten den Weisen in diese Welt setzen. Dort kann er die Fragen stellen, für die ihn das Schicksal bestimmt hat.«

»Gute Idee!« Zond klatschte erleichtert in die Hände, worauf Stürme durch ganz Theare brausten. »Einverstanden, Imperion?«

»Ja«, sagte Imperion. Er flammte vor Freude auf. Und da er nicht im Zaum gehalten wurde, begann er sogleich zu weissagen. »Aber ich muss euch alle warnen, dass Ungeheuerliches geschieht, wenn das Schicksal mit im Spiel ist.«

»Ungeheuerliches schon, aber nichts Unordentliches«, behauptete Zond. Er rief die Wassergötter wieder herein und mit ihnen alle anderen Götter in Theare. Dann teilte er ihnen mit, dass ein Kind geboren worden sei, das die schicksalhafte Bestimmung habe, Auflösung in der Welt zu verbreiten. Dann befahl er jeder einzelnen Gottheit, bis an die Enden der Erde nach diesem Kind zu suchen.

(»Die Enden der Erde« war ein Ausdruck der Rechtssprache. Zond glaubte nicht, dass Theare flach sei. Doch der Ausdruck hatte sich, ebenso wie »der Rest des Himmels«, über Jahrhunderte erhalten. Er besagte so viel wie: »Schaut überall nach.«)

Alle Himmelsbewohner hielten die Augen offen. Nymphen und Göttinnen suchten Berge, Höhlen und Wälder ab. Hausgötter lugten in Wiegen, Wassergötter streiften an Stränden und Ufern entlang. Die Liebesgöttin blätterte weit in ihren Akten zurück, um herauszubekommen, wer denn die Eltern des Weisen sein könnten. Die unsichtbaren Drachen durchschwammen die Flüsse und schauten in Kähnen und Hausbooten nach. Da es in Theare für alles Götter gab, wurde nichts ausgelassen und nichts vergessen. Am gründlichsten von allen aber suchte Imperion. Er stöberte mit flammendem Blick in jedem Winkel und jeder Spalte auf der einen Seite der Welt und ermunterte die Mondgöttin, das Gleiche auf der anderen Seite zu tun.

Doch niemand fand den Weisen. Es gab zwei, drei

Mal falschen Alarm, zum Beispiel als eine Hausgöttin von einem Säugling berichtete, der nicht aufhörte zu schreien. Das Geheul des Kleinen treibe sie die Wände hoch, wenn das nicht Auflösung sei, wollte sie wissen, was sonst. Ferner gab es Nachrichten von Kindern, die mit Zähnen oder sechs Fingern oder anderen Absonderlichkeiten geboren wurden. Aber in jedem dieser Fälle konnte Zond beweisen, dass das Kind nichts mit der geweissagten Auflösung zu tun hatte. Nach Ablauf eines Monats wurde deutlich, dass der neugeborene Weise so nicht gefunden werden konnte.

Imperion war verzweifelt, denn wie er Zond dargelegt hatte, bedeutete ihm Ordnung mehr als jedem anderen Gott. Er grämte sich so sehr, dass seinetwegen die Sonne an Hitze verlor. Schließlich riet ihm die Liebesgöttin, Urlaub zu machen und bei einer sterblichen Frau auszuspannen, bevor er selbst Auflösung betreiben würde.

Imperion sah, dass sie Recht hatte. So begab er sich hinab zu der Frau, die er seit Jahren liebte. Es war die Regel, dass sich Götter in Sterbliche verliebten. Manche besuchten ihre Geliebten in phantasievollen Verkleidungen, andere leisteten sich mehrere Geliebte gleichzeitig. Aber Imperion war ehrlich und treu. Er besuchte Nestara immer nur als gut aussehender Mann und liebte sie mit Hingabe. Vor drei Jahren hatte sie ihm einen Sohn geschenkt, für den Imperion fast so viel Liebe empfand wie für Nestara. Ehe die

Geburt des Weisen Imperion den Schlaf raubte, hatte er versucht, die himmlischen Gesetze zu beugen und für seinen Sohn die Anerkennung als Gott zu erwirken.

Der Name des Kinds war Thasper. Beim Hinabsteigen auf die Erde sah Imperion, wie Thasper neben Nestaras Haus im Sand buddelte: ein schönes Kind mit blondem Haar und blauen Augen. Imperion fragte sich, ob Thasper schon richtig sprechen konnte. Nestara hatte sich Sorgen darüber gemacht, dass ihr Kind nur langsam sprechen lerne.

Imperion landete neben seinem Sohn. »Hallo, Thasper«, begrüßte er ihn. »Wonach buddelst du denn so eifrig?«

Statt zu antworten hob Thasper das goldgelockte Köpfchen und rief: »Mama! Warum wird es so hell, wenn Papa kommt?«

Imperions Freude war schlagartig verschwunden. Selbstverständlich konnte niemand Fragen stellen, solange er nicht richtig sprechen gelernt hatte. Doch es wäre zu grausam gewesen, wenn sich sein eigener Sohn als der Weise der Auflösung herausstellen sollte. »Warum denn nicht?«, fragte er abwehrend.

Thasper sah ihn finster an. »Ich will es aber wissen. Warum wird es hell?«

»Vielleicht, weil du dich freust, mich zu sehen?«, schlug Imperion vor.

»Ich freue mich nicht«, sagte Thasper. Er schob die Unterlippe vor und Tränen standen in den großen blauen Augen. »Warum wird es hell? Ich will es wissen. Mama, ich bin kein bisschen froh!«

Nestara kam aus dem Haus gelaufen und bemühte sich Imperion zuzulächeln. »Thasper, mein Schatz, was hast du denn?«

»Ich *will* es wissen!«, quengelte Thasper.

»Was willst du denn wissen? Ein Kind mit so viel Forschergeist habe ich noch nie gesehen«, sagte Nestara stolz zu Imperion, als sie Thasper hochhob. »Deswegen hat es mit dem Sprechenlernen auch so lange gedauert. Er wollte nicht eher sprechen, bis er wusste, wie man Fragen stellt. Wenn man ihm keine genaue Antwort gibt, kann er stundenlang schreien und quengeln.«

»Wann hat er angefangen Fragen zu stellen?«, wollte Imperion wissen.

»Ungefähr vor einem Monat«, antwortete Nestara.

Das machte Imperion wirklich unglücklich, doch verbarg er seine Gefühle. Er hatte nun keinen Zweifel mehr, dass Thasper tatsächlich der Weise der Auflösung war und dass er ihn deshalb in eine andere Welt bringen musste. Mit einem Lächeln sagte er: »Meine Liebe, ich habe eine wunderbare Neuigkeit für dich. Thasper ist als Gott anerkannt worden. Der Große Zond höchstpersönlich möchte ihn zu seinem Mundschenk haben.«

»Oh, noch nicht jetzt!«, jammerte Nestara. »Er ist doch noch so klein!«

Sie erhob verschiedene Einwände. Aber am Ende

ließ sie Imperion doch gewähren und Thasper mitnehmen. Konnte es denn eine bessere Zukunft für ein Kind geben? Sie drückte Thasper in Imperions Arme und gab dem Vater alle möglichen Hinweise, wann das Söhnchen gewöhnlich zu essen bekam und wann es zu Bett gebracht werden musste. Imperion gab ihr schweren Herzens einen Abschiedskuss. Er war kein Gott der Täuschung. Er wusste, dass er sie nicht wiedersehen durfte aus Furcht, ihr dann die Wahrheit zu enthüllen.

Mit Thasper im Arm stieg Imperion zu den mittleren Regionen unterhalb des Himmels auf und hielt Ausschau nach einer anderen Welt.

Thasper schaute neugierig auf die große blaue Rundung der nächsten Welt. »Warum –«, fing er schon wieder an.

Imperion schloss ihn eilig in eine Kugel des Vergessens ein. Er durfte nicht zulassen, dass Thasper hier oben seiner Leidenschaft frönte. Fragen, die schon auf der Erde für Auflösung sorgten, hätten hier oben in der mittleren Region eine ungleich größere Wirkung gehabt. Die Kugel war ein silberner, durchscheinender Behälter. Thasper blieb darin, ohne sich zu bewegen und ohne zu wachsen, bis die Kugel wieder geöffnet würde. Imperion nahm die Kugel mit dem ruhig gestellten Kind auf die Schulter und trat in die nächstgelegene Welt ein.

Er wanderte von einer Welt zur anderen. Gott sei Dank gab es eine fast unbegrenzte Anzahl von Welten, denn die richtige Wahl zu treffen erwies sich als äußerst schwierig. In manchen Welten herrschte ein solches Durcheinander, dass er es nicht über sich brachte, Thasper dort zurückzulassen. In manchen ärgerten sich die Götter über Imperions Auftauchen und riefen ihm nach, er solle wieder verschwinden. Eine andere Welt war hingegen so von Vernunft bestimmt, dass die dortigen Götter tot waren, wie er zu seinem nicht geringen Entsetzen feststellte. Viele andere erweckten den Eindruck, durchaus passend zu sein, bis er den Geist der Prophetie über sie wehen ließ. In jedem Fall weissagte ihm dieser dann, dass Thasper auf die eine oder andere Weise Schaden nehmen würde.

Schließlich fand er aber doch eine passende Welt. Sie machte einen ruhigen und eleganten Eindruck. Die wenigen Götter dort schienen zivilisiert und doch ein bisschen nachlässig. Imperion stellte sogar verblüfft fest, dass diese Götter viel von ihrer Macht an die Menschen abgegeben hatten. Doch die Menschen schienen diese Macht nicht zu missbrauchen, und der Geist der Prophetie versicherte ihm, dass Thasper, wenn er ihn hier in seiner Kugel des Vergessens aussetzte, von jemandem gefunden würde, der ihn gut behandelte.

Imperion setzte die Kugel mitten in einem Wald ab und kehrte eiligst und sehr erleichtert nach Theare zurück. Dort teilte er Zond mit, was er getan hatte, und alle Götter zeigten sich darüber erfreut. Imperion sorgte dafür, dass Nestara einen sehr reichen Mann heiratete, der ihr nicht nur Reichtum und Glück, sondern auch viele Kinder als Ersatz für Thasper bescherte. Dann nahm er, ein wenig traurig im Herzen, das alltägliche Leben im Himmel wieder auf. Die harmonische Ordnung von Theare bestand ohne Auflösungserscheinungen ungestört fort.

Sieben Jahre vergingen.

Die ganze Zeit über wusste Thasper von nichts und blieb immer drei Jahre alt. Eines Tages aber zerfiel die Kugel des Vergessens in zwei Hälften und er blinzelte ins Sonnenlicht, das ihm nicht so hell schien, wie er es einst gekannt hatte. »Das war also die Ursache für die Störung«, murmelte ein großer, schlanker Herr.

»Das arme Seelchen«, sagte eine Dame.

Thasper befand sich in einem Wald, Leute standen dort und schauten ihn an, doch soweit er es mitbekommen hatte, war nichts geschehen, seit er zusammen mit seinem Vater in die mittleren Regionen aufgestiegen war. So fuhr er mit der Frage fort, die er damals gerade gestellt hatte. »Warum ist die Erde rund?«

»Eine interessante Frage«, sagte der große, schlanke Herr. »Die übliche Antwort lautet, die Erde ist rund, weil die Ecken infolge der Drehung um die Sonne abgenutzt wurden. Man könnte sich aber auch vorstellen, dass sie rund ist, damit wir dort enden, wo wir angefangen haben.«

»Sir, mit solchen Reden verwirren Sie das Kind doch nur«, sagte eine andere Dame. »Es ist noch so klein.«

»Nein, es ist interessiert«, sagte ein anderer Herr. »Schauen Sie es sich nur einmal an.«

Thasper war wirklich interessiert. Darin stimmte er mit dem großen, schlanken Herrn überein. Zwar war er sich nicht schlüssig, woher er gekommen war, vermutete aber, der große, schlanke Herr sei hier, weil er Fragen besser beantworten konnte als Imperion. Er fragte sich, wo Imperion wohl gelandet war.

»Warum sind Sie nicht mein Papa?«, fragte er den Herrn.

»Eine weitere scharfsinnige Frage«, sagte der große, schlanke Herr. »Weil nach unseren bisherigen Erkenntnissen dein Vater in einer anderen Welt leben muss. Sag mir, wie du heißt.«

Auch das war ein Punkt zu Gunsten des großen, schlanken Herrn. Thasper beantwortete nie Fragen: er stellte nur welche. Aber das hier war ein Befehl. Der Mann verstand Thasper.

»Thasper«, antwortete der Junge folgsam.

»Er ist so süß!«, entzückte sich die erste Dame. »Ich möchte ihn adoptieren.« Worauf die anderen versammelten Damen auf das herzlichste zustimmten.

»Das ist unmöglich«, widersprach der große, schlanke Herr. Der Ton seiner Stimme war sanft wie Milch und doch felsenfest. Die Damen bettelten darum, Thasper wenigstens für einen Tag zu verhätscheln.

»Nein«, sagte der große, schlanke Herr wieder in mildem Ton. »Er muss sofort dorthin zurück, wo er hergekommen ist.« Worauf die versammelten Damen in heller Aufregung riefen, Thasper könnte in seiner Heimat in große Gefahr geraten. Der große, schlanke Herr erwiderte: »Ich werde mich selbstverständlich darum kümmern.« Dann streckte er eine Hand aus und zog Thasper hoch. »Komm mit, Thasper.«

Kaum hatte Thasper die Kugel des Vergessens verlassen, verschwanden die beiden Hälften. Eine der Damen ergriff seine andere Hand und dann führten sie ihn fort. Nach einer etwas holprigen Fahrt, die ihm großes Vergnügen bereitete, brachte man ihn in einen fremdartigen Raum. Hier saß Thasper in einem fünfzackigen Stern, um den herum immer neue Bilder erschienen. Leute standen da und schüttelten den Kopf. »Nein, diese Welt ist es auch nicht.« Der große, schlanke Mann beantwortete alle Fragen, die Thasper ihm stellte. Thasper war viel zu interessiert, als dass er den Leuten ihre Weigerung, ihm zu essen zu geben, übel genommen hätte.

»Warum nicht?«, fragte er.

»Weil du durch deine bloße Anwesenheit die Welt ins Stolpern bringst«, erklärte ihm der große, schlanke Mann. »Wenn du Nahrung zu dir nimmst – und Nahrung ist ein wichtiger Teil dieser Welt –, könnte sie in deinem Körper verheerend wirken.«

Bald darauf erschien ein neues Bild. Alle riefen »Ah!« und der große, schlanke Herr verkündete:

»Dann ist es also Theare!« Er schaute Thasper überrascht an. »Du musst jemandem als Unruhe stiftendes Element aufgefallen sein«, sagte er. Dann schaute er nochmals entspannt, aber aufmerksam das Bild an. »Keine Unordnung«, stellte er fest. »Keine Gefahr. Komm mit mir.«

Er nahm Thasper wieder an der Hand und führte ihn in das Bild hinein. Dabei wurde Thaspers Haar um einiges dunkler. »Eine bloße Vorsichtsmaßnahme«, murmelte der große, schlanke Herr zur Entschuldigung, doch Thasper achtete gar nicht darauf. Er wusste gar nicht, welche Farbe sein Haar von Natur hatte. Außerdem war er ganz hingerissen, in welchem Tempo sie sich fortbewegten. Sie sausten in eine Stadt und hielten unvermittelt vor einem einfach gebauten Haus am Rand eines ärmeren Viertels. »Hier wohnt jemand, der genau richtig ist«, sagte der große, schlanke Herr und klopfte an die Tür.

Eine betrübt aussehende Dame öffnete.

»Entschuldigen Sie die Störung, Madam«, sagte der große, schlanke Herr, »aber vermissen Sie vielleicht einen kleinen Jungen?«

»Ja«, sagte die Dame. »Aber das ist nicht –« Sie blinzelte. »Ja, das ist er«, rief sie aus. »Oh Thasper! Wie konntest du einfach so weglaufen? Vielen Dank, mein Herr.« Doch der große, schlanke Herr war plötzlich verschwunden.

Die Dame hieß Alina Altun, und sie war so fest davon überzeugt, Thaspers Mutter zu sein, dass Thasper es ebenfalls bald war. Er gewöhnte sich frohgemut in sein neues Elternhaus ein. Alinas Ehemann war Arzt. Er arbeitete hart, ohne es zu Wohlstand zu bringen.

Thasper vergaß bald den großen, schlanken Herrn und ebenso Imperion und Nestara. Bisweilen verwunderte es ihn – und seine neue Mutter nicht weniger –, dass sie sich jedes Mal, wenn sie ihn Freunden vorstellte, zu der Bemerkung genötigt fühlte: »Das ist Badien, aber wir nennen ihn immer Thasper.« Dank dem Eingreifen des großen, schlanken Herrn erfuhr keiner von ihnen, dass sich der wirkliche Badien am Tag, als Thasper auftauchte, davongestohlen hatte und in einen Fluss gefallen war, wo er von einem unsichtbaren Drachen gefressen wurde.

Hätte sich Thasper an den großen, schlanken Herrn erinnert, hätte er sich vielleicht gefragt, warum Dr. Altun kurz nach seiner Ankunft plötzlich zu Wohlstand kam. Die Leute im ärmeren Viertel nebenan entdeckten plötzlich, was für ein guter Arzt Dr. Altun war und wie wenig er für seine Bemühungen verlangte. Alina konnte schon bald Thasper auf eine sehr gute Schule schicken, wo er seine Lehrer durch seine vielen Fragen schier in die Verzweiflung trieb. Er hatte, wie seine Mutter oft stolz hervorhob, einen ausgeprägten Forschergeist. Obwohl er schneller als die anderen Schüler die Zehn Ersten Lektionen und die Neun Gnaden der Kindheit lernte, waren seine Lehrer dennoch oft mit den Nerven am Ende und stöhnten: »Oh, frag doch einen unsichtbaren Drachen!« Das sagten die Leute in Theare, wenn jemand ihre Geduld erschöpft hatte.

Mit einiger Mühe legte Thasper schließlich seine Gewohnheit ab, nie auf Fragen zu antworten. Dennoch stellte er auch weiterhin lieber Fragen, als Antworten zu geben. Daheim hielt seine Fragesucht ungebrochen an: »Warum geht der Küchengott einmal im Jahr zum Rapport in den Himmel? Kann ich in dem Fall Kekse aus der Küche stibitzen? Warum gibt es unsichtbare Drachen? Gibt es für alles einen Gott? Warum gibt es für alles einen Gott? Wenn die Götter die Menschen krank machen, wie kann Papa sie dann heilen? Warum muss ich ein Brüderchen oder Schwesterchen bekommen?«

Alina Altun war eine gute Mutter. Sie gab auf alle genannten Fragen, die letzte eingeschlossen, eine Antwort. Sie erklärte Thasper, woher die kleinen Kinder kamen, und beschloss ihren Vortrag mit dem Satz: »Und wenn die Götter meinen Schoß segnen, wirst du ein Geschwisterchen bekommen.« Sie war eine fromme Frau.

»Ich will ja gar nicht, dass du gesegnet wirst!«, rief Thasper. Dass er einen Standpunkt bezog, geschah nur, wenn er aufgewühlt war.

Doch ihm schien keine Wahl zu bleiben. Bis zu seinem zehnten Lebensjahr hatten die Götter ihn mit zwei Brüdern und zwei Schwestern beschenkt. Als Geschenke hatten sie für Thasper eher geringen Wert.

Sie waren einfach zu klein, um irgendeinen Nutzen für ihn zu haben. »Warum können sie nicht das gleiche Alter haben wie ich?«, fragte er mehr als einmal. Für ihn war es Grund genug, deswegen den Göttern gegenüber einen kleinen, aber tief sitzenden Groll zu hegen.

Dr. Altuns Praxis ging weiterhin gut und so hielten die Einkünfte mit seiner wachsenden Familie Schritt. Alina beschäftigte ein Kindermädchen, einen Koch und eine Reihe häufig wechselnder Botenjungen. Einer von ihnen überreichte Thasper, als er elf Jahre alt war, schüchtern ein gefaltetes Blatt Papier. Verwundert entfaltete Thasper das Blatt. Er hatte dabei ein merkwürdiges Gefühl, so als ob das Papier zwischen den Fingern vibrierte. Außerdem ging von ihm die deutliche Warnung aus, er solle mit niemandem darüber sprechen. Auf dem Blatt stand geschrieben:

Lieber Thasper,
du befindest dich in einer heiklen Lage. Ruf mich sofort, wenn du deinem wahren Selbst gegenübertrittst. Ich werde dich beobachten und dann sogleich kommen.
Dein
Chrestomanci

Da Thasper nicht die leiseste Erinnerung an sein früheres Leben hatte, brachte ihn der Brief in arge Verwirrung. Er begriff, dass er niemandem davon berichten durfte, aber ihm war auch klar, dass der Botenjunge hiervon ausgenommen war. Mit dem Brief in der Hand lief er dem Botenjungen hinterher.

Bei der Treppe, die hinab zur Küche führte, hielt er an, denn von unten kam ein lautes Klirren von Porzellan. Gleich darauf hörte er die Stimme des Kochs, der eine Schimpfkanonade losließ. Thasper sah, dass es keinen Zweck hatte, jetzt in die Küche zu gehen.

Dem Botenjungen – der auf den merkwürdigen Namen Cat hörte – wurde gerade die Kündigung mitgeteilt, wie das schon vielen Botenjungen vor ihm geschehen war. Thasper hielt es für angebracht, lieber draußen am Hintereingang auf Cat zu warten. Während er auf den Brief in seiner Hand schaute, kribbelte es in seinen Fingern und der Brief verschwand.

»Er ist weg!«, rief er und brachte mit diesem Ausruf sein Erstaunen zum Ausdruck. Er wusste nie, was er als Nächstes tat. Statt auf den Botenjungen zu warten, lief er ins Wohnzimmer, wo er seiner Mutter trotz der Warnung von dem Brief erzählen wollte. »Weißt du was?«, begann er. Er hatte diese sinnlose Frage erfunden, um anderen etwas mitteilen zu können und es doch wie eine Erkundigung aussehen zu lassen. »Weißt du was?« Alina blickte auf. Und obwohl Thasper ihr von dem geheimnisvollen Brief erzählen wollte, sagte er stattdessen »Der Koch hat den neuen Botenjungen fortgejagt«.

»Ach wie dumm!«, sagte Alina. »Dann muss ich gleich einen neuen finden.«

Ungehalten über sich selbst machte Thasper einen zweiten Anlauf. »Weißt du was? Ich wundere mich, dass der Koch nicht auch noch dem Küchengott den Laufpass gegeben hat.«

»Pst! Sprich nicht so über die Götter!«, ermahnte ihn die fromme Frau.

Unterdessen war der Botenjunge verschwunden, und Thasper verspürte keinen Drang mehr, irgendjemandem von dem Brief zu erzählen. Er machte daraus sein persönliches Geheimnis und nannte es fortan den Brief eines Unbekannten. Manchmal, wenn ihn niemand hören konnte, sprach er leise zu sich selbst von dem »Unbekannten«. Doch nichts geschah, sogar wenn er den Namen laut aussprach. Nach einer Weile hörte er damit auf. Es gab wichtigere Dinge. Er entdeckte seine Faszination für Regeln, Gesetze und Systeme.

Für die Menschen in Theare waren Regeln und Systeme ein wichtiger Bestandteil ihres Lebens. Das verwunderte nicht, da im Himmel alles bestens eingerichtet war. Die Leute kodifizierten ihr Verhalten zu Regelwerken wie den Sieben ausgesuchten Höflichkeiten oder den Hundert Wegen zur Gottgefälligkeit. Thasper hatte man darin seit seinem dritten Lebensjahr unterrichtet.

Er war es gewohnt, Alina mit ihren Freundinnen über die Zweiundsiebzig Gesetze für ein Hauswesen diskutieren zu hören. Nun erkannte Thasper mit einem Mal, dass alle Regeln zusammen ein herrliches System für den Geist bildeten, in dem man nach Herzenslust spielen konnte. Er machte Listen mit Regeln und Verfeinerungen dieser Regeln, ferner Wege, um das Gegenteil von dem zu tun, was die Regeln vorschrieben, ohne die Regeln zu brechen. Er erfand neue Regelwerke, schrieb Bücher und zeichnete Diagramme. Außerdem dachte er sich Spiele mit komplizierten Regeln aus, die er mit seinen Freunden ausprobierte.

Außenstehende fanden diese Spiele eher abstoßend und verwirrend, aber Thasper und seine Freunde spielten sie mit nicht nachlassendem Vergnügen. Der schönste Augenblick bei einem Spiel war für sie immer dann, wenn jemand innehielt und rief »Ich habe eine neue Regel erfunden!«.

Diese Begeisterung für Regeln dauerte bis zu Thaspers fünfzehntem Lebensjahr. Eines Tages dachte er auf dem Heimweg von der Schule an eine Liste mit Regeln für die Zwanzig modischen Frisuren. Daraus konnte man unschwer erkennen, dass Thasper begann ein Auge auf Mädchen zu werfen, obgleich sich bis dahin noch kein Mädchen für ihn zu interessieren schien. Während er darüber nachdachte, welches Mädchen welche Frisur tragen sollte, wurde seine Aufmerksamkeit von einer mit Kreide geschriebenen Mauerinschrift angezogen:

Wenn Regeln ein System bilden,
mit dem der Geist spielen kann,
warum sollte der Geist nicht einfach aussteigen?,
sagt der Weise der Auflösung.

Am selben Tag herrschte helle Aufregung im Himmel. Zond rief alle hohen Götter vor seinen Thron. »Der Weise der Auflösung hat zu predigen begonnen«, verkündete er düster. »Imperion, ich dachte, du hättest ihn kaltgestellt.«

»Das dachte ich auch«, sagte Imperion. Er war noch entsetzter als Zond. Wenn der Weise doch zu predigen begonnen hatte, hieß das, dass Imperion ganz unnötig Thasper fortgegeben und auf Nestara verzichtet hatte. »Ich muss mich geirrt haben«, gab er zerknirscht zu.

An dieser Stelle meldete sich Ock zu Wort. »Vater Zond«, begann er unter leichtem Dampfen, »darf ich mir den Vorschlag erlauben, dass Ihr Euch selbst um den Weisen kümmert, damit diesmal kein Irrtum geschieht?«

»Ebendas wollte ich gerade selbst vorschlagen«, sagte Zond huldvoll. »Seid ihr alle einverstanden?«

Die Götter waren alle einverstanden. Sie waren zu sehr an Befehle gewöhnt, um etwas anderes zu tun.

Thasper starrte immer noch auf die Mauerinschrift, von Kopf bis Fuß zitternd. Was bedeutete das? Wer benutzte seine ureigensten Gedanken über Regeln? Wer war dieser Weise der Auflösung? Thasper schämte sich. Er, der so leidenschaftlich gern Fragen stellte, hatte nie daran gedacht, diese Frage zu stellen. Warum sollte der Geist nicht alle Regeln hinter sich lassen?

Er ging nach Hause und fragte seine Eltern nach dem Weisen der Auflösung. Er hatte fest damit gerechnet, dass sie über ihn Bescheid wussten. Umso aufgebrachter war er, dass sie es nicht wussten. Aber sie hatten einen Nachbarn, der Thasper an einen anderen Nachbarn verwies, der wiederum einen Freund hatte, der ihm, als Thasper schließlich sein Haus gefunden hatte, die Auskunft gab, er habe gehört, der Weise sei ein kluger junger Mann, der seinen Lebensunterhalt mit spöttischen Bemerkungen über die Götter verdiente.

Am nächsten Tag hatte jemand die Inschrift weggewischt. Doch Tags darauf hing ein schlecht gedrucktes Plakat an derselben Wand.

> *Der Weise der Auflösung fragt, wer hat die Ordnung angeordnet? Kommt heute Abend 18.30 Uhr zum Kleinen Festsaal im Konzerthaus.*

Um 18.20 Uhr saß Thasper noch beim Abendessen. Um 18.24 Uhr entschloss er sich vom Tisch aufzustehen. Um 18.32 Uhr kam er keuchend im Kleinen Festsaal an. Dabei handelte es sich um einen schäbigen kleinen Bau gar nicht weit von seinem Zuhause entfernt. Keine Menschenseele befand sich dort. Wie er den Worten des übellaunigen Hausmeisters entnehmen konnte, hatte das Treffen schon am Abend zuvor stattgefunden. Thasper ging enttäuscht fort. Wer die Ordnung angeordnet hatte, war eine Frage, auf die er unbedingt eine Antwort bekommen wollte. Das war wirklich tiefsinnig gedacht. Er hatte die Ahnung, dass der Mann, der sich selbst den Weisen der Auflösung nannte, wirklich ein brillanter Kopf war.

Um seine Enttäuschung noch weiter zu nähren, nahm er am nächsten Tag einen Weg zur Schule, der ihn am Kleinen Festsaal vorbeiführte. Der Bau war noch in derselben Nacht bis auf die Mauern abgebrannt. Vor der Schule hörte er, wie sich Leute über das gestrige Ereignis unterhielten. Danach sollte der Brand am Abend zuvor kurz vor sieben Uhr ausgebrochen sein.

»Wusstet ihr«, sagte Thasper, »dass der Weise der Auflösung vorgestern hier gewesen ist?«

Bei dieser Gelegenheit entdeckte er, dass er nicht der Einzige war, der sich für den Weisen interessierte. Die halbe Klasse war ebenfalls für die Idee der Auflösung. »Was er über die Götter denkt, ist schon toll«, sagte ein Mädchen zu ihm. »Noch keiner hat vor ihm solche Fragen gestellt.«

Die meisten aus der Klasse, ganz gleich ob Jungen oder Mädchen, wussten allerdings nicht mehr als Thasper, und was sie wussten, war auch nur aus zweiter Hand. Ein Junge zeigte ihm einen sorgfältig ausgeschnittenen Zeitungsartikel, in dem sich ein bekannter Gelehrter zur Frage »der so genannten Lehre von der Auflösung« äußerte. Darin vertrat er wortreich die Auffassung, dass der Weise und seine Anhänger respektlos den Göttern und allen Regeln gegenüber seien.

Viel erfuhr Thasper daraus nicht, aber es war immerhin etwas. Zu seinem Leidwesen erkannte er jetzt, dass er mit seiner Vorliebe für Regeln auf dem falschen Dampfer war und seiner Klasse im Wissen von dieser wunderbaren neuen Lehre hinterherhinkte. Ohne Zögern bekannte er sich zur Lehre von der Auflösung und versuchte wie seine Klassenkameraden mehr über den Weisen herauszubekommen.

Gemeinsam mit ihnen streifte er durch die Straßen und schrieb an Mauern:

Auflösung herrscht schon jetzt.

Lange Zeit bekamen alle aus Thaspers Klasse kaum Zeichen für die Existenz des Weisen außer einer Mauerinschrift hier und da, die aber immer wieder rasch weggewischt wurde.

Wozu beten?
Warum soll es gerade hundert Wege zur Gottgefälligkeit geben, warum nicht mehr, warum nicht weniger?
Gelangen wir irgendwohin, wenn wir die Stufen zum Himmel erklimmen?

Was ist Vollkommenheit: ein Vorgang oder ein Zustand?
Ist das eine Sache der Götter, wenn wir zur Vollkommenheit streben?

Thasper schrieb alle diese Sprüche eifrig auf. Wieder hatte er eine fixe Idee, aber diesmal war es etwas Neues. Er musste ständig nachdenken. Zuerst dachte er sich nur schlaue Fragen aus, die er dem Weisen stellen wollte. Er bemühte sich Fragen zu finden, auf die noch keiner vor ihm gekommen war. Doch beim Denken schien sich sein Geist zu lockern und schon bald dachte er, was wohl der Weise auf seine Fragen antworten würde. Er betrachtete die Ordnung, die Regeln und den Himmel und kam zu dem Ergebnis, dass es einen Grund hinter den brillanten Fragen des Weisen geben müsse. Er fühlte sich ganz benommen vom vielen Denken.

Der Grund hinter den Fragen des Weisen ging ihm an dem Morgen auf, als er sich das erste Mal rasierte. Er dachte, *die Götter brauchen die Menschen, um Götter zu sein*! Wie geblendet von dieser Erkenntnis, schaute Thasper in den Spiegel und sah sein halb mit Rasierschaum bedecktes Ebenbild. Die Götter waren nichts ohne den Glauben der Menschen an sie! Die himmlische Ordnung und die irdischen Regeln und Systeme waren nur wegen der Menschen da! Es war umwerfend.

Während Thasper in den Spiegel starrte, kam ihm

der Brief des Unbekannten wieder in den Sinn. »Bedeutet das gerade ›meinem wahren Selbst gegenübertreten‹?«, fragte er sich. Er war sich nicht sicher, wusste aber, wenn der Zeitpunkt da wäre, würde sich diese Frage nicht mehr stellen.

Dann kam ihm der Gedanke, dass der unbekannte Chrestomanci mit großer Wahrscheinlichkeit der Weise selbst war. Der Weise hatte ein geheimnisvolles Interesse an dem Teenager Thasper Altun. Der Brief, der sich unter seinen Augen aufgelöst hatte, sah dem geheimnisvollen Weisen ganz ähnlich.

Und der Weise blieb weiterhin unauffindbar. Der nächste Hinweis auf sein Treiben war die Nachricht, dass der Blitz in die Himmlische Galerie eingeschlagen hatte. Der Einsturz des Daches ereignete sich laut Zeitungsmeldung, »nur Sekunden nachdem der Weise der Auflösung im Beisein seiner Jünger aus dem Gebäude gegangen war, wo er eine seiner quälenden und selbstzweiflerischen Predigten gehalten hatte«.

»Er zweifelt nicht an sich selbst«, sagte sich Thasper. »Er weiß, was es mit den Göttern auf sich hat. Wenn *ich* es weiß, muss *er* es erst recht wissen.«

Gemeinsam mit seinen Klassenkameraden pilgerte Thasper zu der Brandruine der Galerie. Es war ein besseres Gebäude gewesen als der Kleine Festsaal. Der Weise schien auf dem Weg nach oben zu sein.

Wenig später herrschte wieder helle Aufregung.

Ein Mädchen hatte eine kleine Anzeige in der Zeitung entdeckt, wonach der Weise einen Vortrag in der großen Königreichhalle halten werde. Sein weltlicher Aufstieg hielt an. Thasper und seine Freunde warfen sich in Schale und gingen geschlossen zur Königreichhalle. Doch offensichtlich war beim Druck ein falscher Veranstaltungsbeginn genannt worden. Der Vortrag war gerade vorbei. Die Menschen strömten mit enttäuschten Gesichtern aus der Halle.

Thasper und seine Freunde standen noch auf der Straße, als die Halle explodierte. Sie hatten Glück, dass keiner von ihnen verletzt wurde. Die Polizei sprach später von einem Bombenanschlag. Thasper und seine Freunde halfen Verletzte aus dem brennenden Gebäude zu tragen. Das war aufregend, aber sie hatten trotzdem den Weisen verpasst.

Thasper wusste nun, dass er nicht eher wieder froh sein würde, bis er den Weisen gefunden hatte. Er fragte sich, wie er herausbekommen könnte, ob der Grund hinter den Fragen des Weisen wirklich der war, den Thasper vermutete. Doch das war noch nicht alles. Thasper war überzeugt, dass sein Schicksal mit dem des Weisen verknüpft war. Er glaubte fest daran, dass es der *Wunsch* des Weisen war, dass er ihn fand.

Unterdessen ging an der Schule und in der ganzen Stadt das Gerücht um, der Weise habe genug von Predigten und Bombenanschlägen. Er habe sich zurückgezogen, um ein Buch mit dem Titel *Fragen zur*

Auflösung zu schreiben. Das Gerücht wollte ferner wissen, der Weise habe unweit der Straße der Vier Löwen Quartier bezogen.

Thasper ging zur Straße der Vier Löwen. Dort gab er alle Zurückhaltung auf und klopfte an Türen und befragte Passanten. Mehrmals erhielt er die Antwort, er solle doch den unsichtbaren Drachen fragen, aber das störte ihn gar nicht. Er fragte so lange, bis ihm jemand mitteilte, Mrs Tunap von Nummer 403 könnte ihm vielleicht weiterhelfen. Erwartungsvoll klopfte Thasper bei Nummer 403.

Mrs Tunap war eine adrette Dame mit grünem Turban. »Leider nein«, sagte sie auf Thaspers Frage, »ich wohne erst seit kurzem hier.« Doch ehe Thaspers Mut sank, fügte sie hinzu, »aber die Leute, die vor mir hier wohnten, hatten einen Untermieter. Einen sehr ruhigen Herrn. Er war gerade ausgezogen, als ich kam.«

»Hat er eine Adresse hinterlassen?«, wollte Thasper wissen.

Mrs Tunap schaute auf ein altes Briefkuvert, das in ihrem Flur an der Wand hing. »Da steht: ›Mieter zum Platz zum Goldenen Herzen verzogen‹.«

Doch am Platz zum Goldenen Herzen hatte ein junger Mann, der vielleicht der Weise gewesen war, nur kurz ein Zimmer angeschaut und war wieder gegangen. Danach musste Thasper nach Hause. Die Altuns hatten keine Erfahrungen mit Jugendlichen und wunderten sich, dass Thasper plötzlich jeden Abend das Haus verließ.

Seltsamerweise brannte das Haus Nr. 403 in der Straße zu den Vier Löwen noch in derselben Nacht ab.

Thasper begriff, dass nicht nur er, sondern auch Attentäter auf der Suche nach dem Weisen waren. Der Gedanke, ihn aufzuspüren, ließ ihn fortan nicht mehr los. Wenn er ihn vor den Attentätern ausfindig machte, konnte er ihn retten. Er verstand nun, warum der Weise ständig die Wohnung wechselte.

Und das tat er reichlich. Es hieß, er halte sich in der Gegend um den Rebhuhnweg auf. Als Thasper dort nach ihm forschte, erfuhr er, der Weise sei zum Fauntel-Platz verzogen. Vom Fauntel-Platz schien es ihn in Richtung Sturm-Boulevard zu treiben und dann in ein ärmeres Haus in der Bahnhofstraße. Danach gab es noch viele weitere Adressen.

Mittlerweile hatte Thasper ein Gespür, einen sechsten Sinn dafür entwickelt, wo sich der Weise aufhalten könnte. Ein Wort, ein vager Hinweis auf einen ruhigen Untermieter, und schon machte sich Thasper auf die Socken, klopfte an Türen, fragte Leute und erhielt stets die Antwort, er solle doch einen unsichtbaren Drachen fragen. Seine Eltern beunruhigte weiterhin sein Drang, jeden Abend wegzugehen. Doch wie schnell Thasper auch auf die neuesten Hinweise reagierte, der Weise war immer gerade weitergezogen. Und Thasper kam in den meisten Fällen unmittelbar vor den Attentätern. Häuser gerieten in Brand oder explodierten, manchmal noch während er sich in derselben Straße befand.

Eines Tages folgte er wieder einmal einem sehr vagen Hinweis, der ihn in die Neue Einhornstraße führen konnte oder auch nicht. Thasper eilte dorthin und wünschte sich, nicht den ganzen Tag in der Schule verbringen zu müssen. Der Weise konnte sich bewegen, wie er wollte, während Thasper den ganzen Tag fest angebunden war. Kein Wunder, dass er ihn immer wieder verpasste. Doch auf die Neue Einhornstraße setzte er große Hoffnungen. Das war eine der ärmeren Gegenden, die der Weise in letzter Zeit bevorzugt hatte.

Doch seine Hoffnungen erfüllten sich nicht. Die dicke Frau, die aus der Tür schaute, lachte ihn nur aus: »Verschon mich damit, Söhnchen. Frag einen unsichtbaren Drachen!« Und schon schlug sie die Tür wieder zu.

Tief gekränkt stand Thasper auf der Straße. Und er hatte nicht einmal einen Wink bekommen, wo er als Nächstes suchen sollte. Ein fürchterlicher Verdacht stieg in ihm auf: er machte sich zum Narren, er hatte sich auf ein fruchtloses Unterfangen eingelassen, der Weise existierte gar nicht. Um nicht weiter daran zu denken, ließ er seiner Wut freie Bahn. »Na schön!«, rief er zur geschlossenen Tür gewandt. »Dann frage ich eben einen unsichtbaren Drachen!« Wutschnaubend lief er hinunter zum Fluss und zur nächsten Brücke.

Er ging bis zur Mitte der Brücke, blieb stehen und lehnte sich an das Geländer. Er wusste, dass es lächerlich war, was er vorhatte. Unsichtbare Drachen gab es nicht, da war er sich ganz sicher. Aber er kam von seiner fixen Idee nicht los, und das hatte er sich nun einmal vorgenommen. Trotzdem wäre er, wenn sich jemand in der Nähe der Brücke aufgehalten hätte, sicherlich weitergegangen. Doch die Brücke war menschenleer. Überzeugt, sich wie der letzte Narr aufzuführen, machte er ein Gebetszeichen zu Ock, dem Herrscher über alle Meere – denn Ock stand den Dingen des Wassers vor –, allerdings unterhalb des Geländers, so dass niemand es sehen konnte. Dann flüsterte er fast: »Ist da unten ein unsichtbarer Drache? Ich möchte ihn etwas fragen.«

Wassertropfen wirbelten über ihn. Etwas Nasses spritzte ihm ins Gesicht. Er hörte etwas schwirren, schaute in die Richtung des Geräuschs und sah drei nasse Kleckse entlang des Geländers, jeweils im Abstand von etwa einem halben Meter und so groß wie seine beiden Handflächen. Doch damit nicht genug, Wasser tropfte auf einer Strecke, zweimal so lang wie Thasper groß war, von irgendwoher auf das Geländer.

Thasper lachte verlegen. »Ich stelle mir einen Drachen vor«, sagte er zu sich selbst. »Wenn da wirklich ein Drache wäre, würden die Pfützen die Stellen bezeichnen, wo sein Leib aufliegt. Wasserdrachen haben keine Füße. Und aus der Länge der nassen Spuren auf dem Boden geht hervor, dass ich ihn mir etwas mehr als drei Meter groß vorstellen muss.«

»Ich bin über vier Meter groß!«, meldete sich eine Stimme von irgendwoher. Sie war bedrohlich nah an Thaspers Gesicht und blies ihm feuchten Dunst entgegen. Er wich zurück. »Heraus mit der Sprache, Götterkind«, forderte die Stimme. »Was wolltest du mich fragen?«

»Ich, äh«, stammelte Thasper. Nicht dass er bloß erschrocken gewesen wäre. Nein, das war ein echter Körpertreffer. Seine ganze Theorie von den Göttern, die nicht existieren konnten ohne den Glauben der Menschen, brach zusammen. Doch er riss sich zusammen. Mit leicht überschlagender Stimme sagte er: »Ich bin auf der Suche nach dem Weisen der Auflösung. Wisst Ihr vielleicht, wo er ist?«

Der Drache lachte. Das eigentümliche Geräusch, das er hervorbrachte, ähnelte dem Klang einer Vogelpfeife. »Leider kann ich dir nicht genau sagen, wo der Weise ist«, sagte die Stimme aus dem Irgendwo. »Das musst du schon selbst herausfinden. Denk darüber nach, Götterkind. Sicherlich hast du schon bemerkt, dass es immer nach einem bestimmten Muster abläuft.«

»Oh ja, das Muster kenne ich!«, sagte Thasper. »Wohin er auch zieht, immer verpasse ich ihn, und seine Behausung geht in Flammen auf!«

»Gewiss«, bestätigte der Drache. »Aber auch in der Wahl seiner Wohnungen folgt er einem Muster.

Suche danach. Mehr kann ich dir nicht sagen, Götterkind. Noch Fragen?«

»Nein – ausnahmsweise nicht«, sagte Thasper. »Vielen Dank.«

»Nichts zu danken«, erwiderte der unsichtbare Drache. »Wie oft sagen die Leute zueinander, frag doch einen unsichtbaren Drachen, aber so gut wie keiner tut es wirklich. Wir sehen uns noch.« Feuchte Luft blies in Thaspers Gesicht. Er lehnte sich über das Geländer und sah einen sauberen Klatscher im Fluss, worauf silbrig glänzende Blasen aufstiegen. Dann nichts mehr. Erstaunt stellte er fest, dass seine Beine zitterten.

Er drückte die Knie durch und beruhigte sich wieder, dann machte er sich auf den Heimweg. Daheim ging er auf sein Zimmer, und ehe er irgendetwas anderes tat, gab er einem abergläubischen Drang nach, von dem er bisher nichts gewusst hatte, und nahm die Figur des Hausgottes in die Hand, die er auf Alinas Wunsch in einer Nische über seinem Bett aufbewahrte. Er stellte sie vorsichtig auf den freien Platz vor sich. Dann holte er einen Stadtplan und rote Aufkleber und markierte damit alle Orte, an denen er den Weisen verpasst hatte.

Als er das Ergebnis sah, vollführte er vor Aufregung einen kleinen Tanz. Der Drache hatte Recht: es gab ein Muster! Der Weise hatte anfangs in guten Adressen in den feineren Vierteln der Stadt gewohnt. Dann hatte er nach und nach ärmere Quartiere bezogen, dabei aber eine Kurve beschrieben, erst hinunter bis zum Bahnhof, dann wieder aufwärts in die feineren Viertel. Das Haus der Altuns befand sich genau am Rand des ärmeren Teils. Der Weise *musste also hier entlangkommen*! Die Neue Einhornstraße war nicht weit entfernt. Das nächste Quartier dürfte noch näher sein. Thasper brauchte nur nach einem brennenden Haus Ausschau zu halten.

Unterdessen war es dunkel geworden. Thasper zog die Gardinen beiseite, lehnte sich aus dem Fenster und sah in Richtung der ärmeren Straßen. Tatsächlich, dort links in der Erntemondstraße schlugen rote und orangefarbene Flammen empor. Thasper lachte laut auf. Diesmal war er den Attentätern sogar dankbar!

Er raste die Treppe hinunter und eilte aus dem Haus. Die besorgten Fragen der Eltern und die Schreie der Geschwister verfolgten ihn noch, als er die Tür hinter sich zuschlug. Nach einem zweiminütigen Spurt erreichte er den Schauplatz des Brandes. Geisterhafte dunkle Schatten machten sich auf der Straße zu schaffen. Einige Leute stellten Möbel auf die Straße, andere halfen einer Frau mit schiefem Turban in einen angesengten Sessel.

»Hatten Sie nicht einen Untermieter?«, fragte sie jemand besorgt.

Die Frau versuchte ihren Turban zu richten, an etwas anderes schien sie nicht zu denken. »Er blieb nicht lange«, antwortete sie. »Möglicherweise wohnt er jetzt unten im Halbmond.«

Mehr brauchte Thasper nicht zu wissen. Er eilte die Straße hinunter.

Der Halbmond war ein Gasthaus an der Ecke derselben Straße. Der größte Teil der Kundschaft, die sonst hier trank, musste wohl auf die Straße gelaufen sein, um bei der Rettung der Möbel mit anzupacken, doch brannte in der Gaststube noch ein Licht, in dessen schwachem Schein das Schild »FREMDENZIMMER« zu lesen war.

Thasper stürzte hinein. Der Barmann saß auf einem Hocker neben dem Fenster und beobachtete den Brand. Er schaute gar nicht zu Thasper herüber. »Wo ist Ihr Mieter?«, fragte Thasper ganz außer Atem. »Ich habe eine Nachricht für ihn. Es ist dringend.«

Der Barmann rührte sich immer noch nicht. »Im ersten Stock, erste Tür links«, sagte er. »Das Dach hat Feuer gefangen. Die müssen sich beeilen, sonst greifen die Flammen auf das Nachbarhaus über.«

Thasper war schon die Treppe hinaufgesprungen und wandte sich nach links. Er klopfte einmal kurz an, riss die Tür auf und stürzte hinein.

Das Zimmer war leer. Im Schein der Lampe sah man ein aufgedecktes Bett, einen fleckigen Tisch mit einem leeren Becher und ein paar Blatt Papier sowie einen Kamin mit einem Spiegel darüber. Neben dem Kamin schwang gerade eine Tür in den Angeln. Offenbar war soeben jemand nach nebenan gegangen.

Thasper sprang zu dieser Tür, erstarrte aber im gleichen Augenblick, als er sein Bild im Spiegel über dem Kamin erkannte. Er hatte nicht stehen bleiben wollen, doch aus irgendeinem Grund sah sein Ebenbild in diesem braunen, fleckigen Spiegel sehr viel älter aus. Er sah weit über zwanzig aus. Er sah –

Er erinnerte sich an den Brief des Unbekannten. Die Zeit war gekommen, dem Weisen zu begegnen. Er brauchte ihn nur zu rufen. Thasper ging auf die leise nachschwingende Tür zu. Er zögerte. Im Brief hatte gestanden, dass er sofort rufen solle. In dem Wissen, dass der Weise gleich hinter der Tür stehen musste, drückte Thasper für den Bruchteil einer Sekunde gegen die Schwingtür und hielt sie mit den Fingerspitzen offen. Wieder kamen ihm Zweifel.

Glaube ich wirklich, fragte er sich, dass die Götter die Menschen brauchen? Bin ich mir da ganz sicher? Was soll ich dem Weisen eigentlich sagen? Er ließ die Tür wieder in die Ausgangsstellung schwingen.

»Chrestomanci«, rief er schließlich ganz unglücklich.

Ein kräftiger Luftzug hinter ihm riss ihn halb herum. Verblüfft erblickte er einen großen Mann, der neben dem aufgedeckten Bett stand. Die hohe Gestalt trug einen langen schwarzen Hausmantel, auf dem gelbe Kometen gestickt waren. Auf dem glänzenden gelben Futter des im Wind flatternden Mantels prangten schwarze Kometen. Der Mann hatte welliges schwarzes Haar und glänzende dunkle Augen. Seine Füße steckten, wenn Thasper richtig sah, in roten Pantoffeln.

»Gott sei Dank«, sagte die fremde Gestalt. »Ich dachte schon, du würdest tatsächlich durch die Tür da gehen.«

Die Stimme weckte bei Thasper Erinnerungen. »Sie haben mich einmal, als ich noch klein war, durch ein Bild nach Hause gebracht«, sagte er. »Sind Sie Chrestomanci?«

»Ja«, bestätigte der große Fremde. »Und du bist Thasper. Aber jetzt müssen wir beide schnell verschwinden, ehe das Haus in Flammen aufgeht.«

Er packte Thasper am Arm und zog ihn zur Tür, die zur Treppe führte. Kaum hatte er die Tür aufgestoßen, schlug ihnen dicker Qualm und lautes Knistern entgegen. Offenbar hatte das Feuer auf das Gasthaus übergegriffen. Chrestomanci schlug die Tür rasch wieder zu. Wegen des Qualms begannen beide zu husten. Chrestomanci bekam einen so heftigen Hustenanfall, dass Thasper schon fürchtete, er werde ersticken. Beide zogen sich in die Mitte des Zimmers zurück. Unterdessen quoll der Rauch aber auch zwischen den blanken Dielenbrettern hindurch und löste bei Chrestomanci einen neuen Hustenanfall aus.

»Das muss ausgerechnet dann passieren, wenn ich mit einer Grippe im Bett liege«, brachte er mühsam hervor, als er wieder sprechen konnte. »Aber so ist das Leben. Eure ordentlichen Götter lassen uns keine

Wahl.« Er ging über den rauchenden Fußboden und stieß die Tür neben dem Kamin auf.

Sie öffnete sich auf eine gähnende Leere. Thasper schrie entsetzt auf.

»Es war darauf angelegt«, erklärte Chrestomanci hustend, »dass du dich zu Tode stürzt.«

»Können wir nicht auf den Boden springen?«, schlug Thasper vor.

Chrestomanci schüttelte die gewellten Haare. »Nicht nach allem, was sie hier angerichtet haben. Nein. Wir müssen den Kampf zu ihnen tragen und die Götter besuchen. Wärst du wohl so freundlich, mir deinen Turban zu leihen, ehe wir aufbrechen?« Thasper schaute ihn wegen dieser merkwürdigen Bitte verwundert an. »Ich würde ihn gern als Leibbinde verwenden«, krächzte Chrestomanci. »Der Aufstieg in den Himmel dürfte etwas kühl werden, und ich trage nur einen Schlafanzug unter meinem Hausmantel.«

Die gestreifte Unterkleidung, die Chrestomanci trug, schien wirklich etwas dünn. Thasper wickelte langsam seinen Turban ab. Barhäuptig vor die Götter zu treten, dachte er, war vielleicht nicht schlimmer als im Nachtgewand. Außerdem glaubte er nicht an Götter. Er reichte Chrestomanci den Turban und der band sich das hellblaue Tuch um den gelb-schwarzen Mantel. Tatsächlich schien er sich nun etwas besser zu fühlen.

»Jetzt halt dich gut an mir fest«, sagte er, »dann wird dir nichts passieren.« Er packte Thasper wieder am Arm und stieg mit ihm in den Himmel hinauf.

Zuerst brachte Thasper vor Verblüffung kein Wort hervor. Er konnte nur darüber staunen, wie sie auf unsichtbaren Stufen in den Himmel hinaufstiegen. Für Chrestomanci schien das ganz selbstverständlich. Er hustete hin und wieder und zitterte etwas, hielt aber Thasper dennoch fest im Griff. In kürzester Zeit war die Stadt zu einer Ansammlung von putzig erleuchteten Puppenhäusern geschrumpft, aus der zwei rote Feuerzungen hervorstachen. Dort brannten zwei Häuser. Die Sterne erschienen am Himmel, teils über, teils unter ihnen, so als ob die beiden schon höher als manche Sterne gestiegen wären.

»Wir haben einen langen Aufstieg vor uns«, sagte Chrestomanci. »Möchtest du unterwegs mehr über den Himmel erfahren?«

»Ja«, sagte Thasper. »Sagten Sie nicht vorhin, dass die Götter versuchen mich umzubringen?«

»Sie versuchen den Weisen der Auflösung aus der Welt zu schaffen«, sagte Chrestomanci, »offenbar ohne zu wissen, dass es sich dabei um dieselbe Person handelt. Du bist der Weise.«

»Das bin ich nicht!«, beteuerte Thasper. »Der Weise ist viel älter als ich, und er stellt Fragen, auf die ich nie gekommen wäre.«

»Ach ja«, sagte Chrestomanci. »Leider ist da etwas schief gelaufen. Schuld daran trägt der, der versucht hat dich als kleines Kind aus der Welt zu schaffen. Soweit ich es zurückverfolgen kann, bist du sieben Jahre lang drei Jahre alt geblieben – bis du so viel Verwirrung in unserer Welt angerichtet hattest, dass wir der Sache auf den Grund gehen und dich in die Freiheit entlassen mussten. Aber in der Welt von Theare, in der ja alles so wunderbar geordnet ist, lautete die Prophezeiung, du würdest mit dreiundzwanzig Jahren von der Auflösung predigen oder zumindest in diesem Jahr, und deshalb musste mit dem Predigen in diesem Jahr begonnen werden. Du brauchtest dazu gar nicht in Erscheinung zu treten. Ist dir jemals ein Mensch begegnet, der mit eigenen Ohren den Weisen hat predigen hören?«

»Nein«, gab Thasper zu. »Eigentlich nicht.«

»Keiner hat das«, sagte Chrestomanci. »Du hast schüchtern angefangen. Zuerst hast du ein Buch geschrieben, das keine große Beachtung fand –«

»Nein, das stimmt nicht«, widersprach Thasper. »Er – ich – äh – der Weise hat das Buch erst *nach* seinen Predigten geschrieben.«

»Aber verstehst du denn nicht«, erklärte ihm Chrestomanci, »dass die Fakten dich einholen mussten, weil du wieder zurück in Theare warst. Das taten sie, indem sie rückwärts abliefen, bis du dort warst, wo du eigentlich sein solltest. Und das war in jenem Zimmer in dem Gasthaus zu Beginn deines öffentlichen Wirkens. Ich vermute, du hast jetzt gerade das Alter, um anzufangen. Und ich habe den Verdacht, dass unseren himmlichen Freunden dort oben kürzlich ein Licht aufgegangen ist und sie nun versuchen dich kaltzustellen. Das hätte ihnen freilich nichts genützt, wie ich dir noch zeigen werde.« Er hustete wieder. Sie hatten eine Höhe erreicht, wo es bitterkalt war. Unterdessen war die Welt unter ihnen eine dunkle Wölbung geworden. Thasper sah den roten Glanz der Sonne emporscheinen. Sie setzten ihren Aufstieg fort, während es gleichzeitig immer heller wurde. Schließlich war der Sonnenball als große Helligkeit in der Ferne zu erkennen. Eine vage Erinnerung stieg in ihm auf. Er versuchte sich klar zu machen, dass dies nicht wahr sein konnte – vergebens.

»Woher wissen Sie das alles?«, fragte er unvermittelt.

»Hast du von einem Gott namens Ock gehört?«, fragte Chrestomanci zwischen zwei Hustenanfällen. »Er kam auf mich zu, als du das Alter erreicht haben solltest, in dem du nun bist. Er war sehr besorgt –« Wieder hustete er. »Ich muss meine Puste für den Himmel aufsparen.«

Von Sternen umgeben stiegen sie weiter aufwärts, bis der Boden, auf dem sie gingen, sich änderte und fester wurde. Bald gingen sie auf einer dunklen Rampe, die perlmuttartig schimmerte, während sie immer höher stiegen. Hier ließ Chrestomanci Thaspers Arm los und putzte sich mit einem goldgerandeten Taschentuch erleichtert die Nase. Der perlmuttartige Glanz der Rampe bekam erst einen silbrigen Ton und wurde dann strahlend weiß. Am Ende schritten sie über eine ebene weiße Fläche durch eine Vielzahl von Sälen.

Die Götter hatten sich versammelt und erwarteten sie. Keiner machte ein freundliches Gesicht.

»Ich fürchte, wir sind nicht korrekt gekleidet«, murmelte Chrestomanci.

Thasper blickte erst zu den Göttern hinüber und sah dann Chrestomanci an. Der Anblick war ihm höchst peinlich. So phantasievoll und eigenwillig Chrestomancis Kluft sein mochte, man erkannte sofort, dass es sich um Nachtbekleidung handelte. Seine Füße steckten eindeutig in gefütterten Pantoffeln. Und die blaue Leibbinde um Chrestomancis Taille war einmal Thaspers Turban gewesen, den er jetzt eigentlich auf dem Kopf hätte tragen sollen.

Die Götter sahen prachtvoll aus mit ihren goldenen Beinkleidern und juwelenbesetzten Turbanen, und diese Pracht wurde noch größer, je näher die beiden Ankömmlinge den Hochgöttern kamen. Thaspers Blick blieb an einem Gott in goldglänzenden Gewändern hängen, der ihn durch einen freundlichen, fast besorgt erscheinenden Ausdruck überraschte. Ihm gegenüber stand eine hohe, fließende Gestalt, die ganz mit Perlen und Diamanten behangen war. Dieser Gott zwinkerte ihm kurz, aber eindeutig zu. Thasper war zu eingeschüchtert, um irgendetwas zu erwidern, aber Chrestomanci zwinkerte gelassen zurück.

Im letzten Saal auf einem mächtigen Thron saß die imposante, ganz in Weiß und Purpur gewandete Gestalt des Großen Zond mit gekröntem Haupt. Chrestomanci schaute zu Zond auf und putzte sich sorgfältig die Nase. Man konnte das schwerlich als respektvoll bezeichnen.

»Was veranlasst zwei Sterbliche dazu, in unsere heiligen Hallen einzudringen?«, donnerte Zond.

Chrestomanci nieste. »Eure eigene Torheit«, erwiderte er. »Ihr Götter von Theare habt alles so weit im Voraus geplant und so genau eingerichtet, dass ihr nichts begreift, was außerhalb eurer Planung liegt.«

»Dafür sollte ich dich eigentlich hinauswerfen«, drohte Zond.

»Nicht wenn irgendeiner von euch Göttern überleben möchte«, erwiderte Chrestomanci.

Unter der Götterversammlung erhob sich ein lautes Gemurmel. Die Götter wollten überleben und überlegten angestrengt, was Chrestomanci wohl damit sagen wollte. Zond sah darin eine Bedrohung seiner Autorität und hielt es für angebracht, Vorsicht walten zu lassen. »Fahre fort«, befahl er.

»Eines eurer herausragenden Merkmale«, sagte Chrestomanci, »besteht darin, dass sich eure Weissagungen stets bewahrheiten. Warum glaubt ihr dann, eine Weissagung, nur weil sie euch unangenehm ist, ändern zu können? Das, meine lieben Götter, ist blanke Torheit. Im Übrigen kann niemand seine eigene Auflösung aufhalten, schon gar nicht ihr Götter von Theare. Doch ihr seid vergesslich. Ihr habt vergessen, dass ihr mit eurer Manie, alles im Voraus bis ins Kleinste zu regeln, der Menschheit und euch selbst jede Form des freien Willens genommen habt.

Ihr habt Thasper, den Weisen der Auflösung, in meine Welt abgeschoben und dabei vergessen, dass in meiner Welt immer noch der Zufall waltet. Zufällig wurde Thasper nach nur sieben Jahren entdeckt. Das war ein Glück für Theare. Ich erschaudere bei dem Gedanken, was geschehen wäre, wenn Thasper für die ganze ihm vorausbestimmte Lebensspanne drei Jahre alt geblieben wäre.«

»Das ist alles meine Schuld!«, rief Imperion. »Ich nehme die Schuld auf mich.« Er wandte sich an Thasper. »Verzeih mir«, bat er. »Du bist mein Sohn.«

War es das, fragte sich Thasper, was Alina meinte, als sie davon sprach, die Götter müssten ihren Schoß segnen? Er hatte das lediglich für eine Redensart gehalten. Er schaute Imperion an und blinzelte. Wirklich beeindruckt war er nicht von ihm. Gewiss, ein feiner und anständiger Gott war Imperion, aber auch von beschränkter Sichtweise. »Selbstverständlich vergebe ich Euch«, sagte er höflich.

»Ihr könnt auch von Glück sagen«, fuhr Chrestomanci fort, »dass es keinem von euch gelungen ist, den Weisen umzubringen. Thasper ist ein Göttersohn. Das heißt, er ist einzigartig, und wegen eurer Prophezeiung muss er leben und zu Gunsten der Auflösung predigen. Ihr hättet Theare zerstören können. Wie die Dinge liegen, hat es euretwegen nun eine Menge Risse bekommen. Theare ist zu streng durchorganisiert, um sich in zwei verschiedene Welten zu spalten, wie es meine Welt täte. Stattdessen sind

Dinge geschehen, die eigentlich gar nicht hätten geschehen dürfen. Theare ist voller Risse und Sprünge, und ihr hättet fast eure eigene Auflösung verursacht.«

»Was können wir also *tun*?«, fragte Zond bestürzt.

»Euch bleibt nur noch eines übrig«, sagte ihm Chrestomanci. »Lasst Thasper gewähren. Lasst ihn Auflösung predigen und hört auf ihn in die Luft sprengen zu wollen. Das gibt Raum für freien Willen und eine Zukunft in Freiheit. Theare wird dann entweder genesen oder sich sauber und schmerzlos in zwei gesunde Welten spalten.«

»Wir sollen also unseren eigenen Untergang herbeiführen?«, fragte Zond düster.

»Das war von Anfang an unvermeidlich«, sagte Chrestomanci.

Zond seufzte. »Na schön. Thasper, Sohn des Imperion, ich gebe dir widerwillig meinen Segen. Geh und predige Auflösung. Geh in Frieden.«

Thasper verbeugte sich. Dann stand er lange Zeit schweigend da. Er merkte nicht, dass Imperion und Ock seine Aufmerksamkeit zu erregen versuchten. In den Zeitungen hatte es geheißen, der Weise quäle sich mit Selbstzweifeln. Nun wusste er warum. Er schaute zu Chrestomanci hinüber, der sich gerade wieder die Nase putzte.

»Wie soll ich nur Auflösung predigen?«, fragte er. »Wie kann ich nicht an die Götter glauben, wenn ich sie mit eigenen Augen gesehen habe?«

»Diese Frage solltest du unbedingt stellen«, krächzte Chrestomanci. »Geh nach Theare und stelle dort diese Frage.« Thasper nickte und wandte sich zum Gehen. Chrestomanci lehnte sich zu ihm und fragte ihn hinter vorgehaltenem Taschentuch: »Stell dir auch noch folgende Frage: Können die Götter die Grippe bekommen? Ich glaube, dass ich alle angesteckt haben könnte. Versuche das herauszufinden und lass es mich wissen, sei so gut.«